都成空幻

刘子君 / 著

台海出版社

图书在版编目（CIP）数据

都成空幻 / 刘子君著. -- 北京：台海出版社，2023.8

ISBN 978-7-5168-3585-2

Ⅰ.①都… Ⅱ.①刘… Ⅲ.①长篇小说－中国－当代 Ⅳ.①I247.5

中国国家版本馆CIP数据核字(2023)第111851号

都成空幻

著　　者：	刘子君
出 版 人：	蔡　旭
封面设计：	晴海国际文化
责任编辑：	姚红梅

出版发行：台海出版社
地　　址：北京市东城区景山东街20号　邮政编码：100009
电　　话：010-64041652（发行，邮购）
传　　真：010-84045799（总编室）
网　　址：www.taimeng.org.cn/thcbs/default.htm
E-mail：thcbs@126.com

经　　销：全国各地新华书店
印　　刷：天津中印联印务有限公司

本书如有破损、缺页、装订错误，请与本社联系调换

开　　本：880毫米×1230毫米　1/32
字　　数：163千字　　　印　张：7
版　　次：2023年8月第1版　印　次：2023年8月第1次印刷
书　　号：ISBN 978-7-5168-3585-2
定　　价：56.00元

版权所有　翻印必究

穷尽一生去寻找的浪漫不堪一击
向死而生而我却淡忘今夕何夕
绚丽而多彩的烟火在河畔绽放
请别让我行走在血色的月光下
请别期待我能活在你给的梦里
别摘下待放的花蕾
别把我变成你的傻瓜
没想到时间却像是一把刀刃
它扎遍我的全身
但我知道你并不在乎
不在乎我是否真的痛苦
我看着美梦变成噩梦
而你们拿走了我的一切
可我依旧光彩夺目
到最后我才发现
来你这里寻找真情不过互相追逐
噩梦比美梦更清醒 浮华只是雨珠
良辰美景奈何天
你推我向风口浪尖
……

目录

序章		002
第一章	谜	006
第二章	贺	014
第三章	续	020
第四章	忆	032
第五章	继	046
第六章	寻	064
第七章	遇	082
第八章	绝	090
第九章	谈	102
第十章	明	120
第十一章	隐	138
第十二章	爱	150
第十三章	会	166
第十四章	答	176
第十五章	礼	190
第十六章	结	204
尾声		212

  我再也不想对别人提起自己的过往,或者是抱怨自己的生活,那终究是多余的。那些挣扎在梦魇中的寂寞、荒芜,还是要交给时间,慢慢地淡漠,记着自己原本绝望的模样,再从伤害里走出来。

  记住,那些杀不死你的东西只会让你变得更强大。

序 章

一缕刺眼的阳光照射在脸颊上,让我有些睁不开眼睛。我仿佛已经在这里躺了很久很久……

我很想动一动,而四肢明显有些麻木,大脑也有些混沌,我慢慢地睁开眼睛,却发现这四周的墙壁是白色的。

"醒了?!你醒了!"突然有个女人把脸凑了过来,我看见了她脸上激动的表情,这面容似乎有些熟悉,却又有些陌生……她……她到底是谁?

"秋妤?秋妤!你终于醒了!!"她的声音异常兴奋与激动。

"呃……我,我头好痛……我有点渴……想……想喝水。"我很吃力地吐出几个字。

"好的好的,秋妤你别着急啊,妈妈……妈妈现在就去给你倒水……"她擦了擦眼角的泪水赶紧按下了呼叫键,紧接着去给我倒了水。

我勉强让自己睁大了眼睛,看着她的背影却有些陌生。

"宝贝,你终于醒了,你知道我为了这一刻等了多久吗……"

她告诉我，她是我的妈妈……我却记不得了，难道是我失去了记忆？

　　紧接着护士马上进来了，她问我四肢能不能动，我点了点头，并且试图坐起来，却因为疼痛而放弃了，于是她掀起衣服，我看了看自己大大小小、密密麻麻的伤口……

　　妈妈赶紧把水递给我，想要扶我起来喝水。我的嘴唇有些干裂，手臂还被扎了吊瓶，简单来说，那应该是营养液。

　　"秋妤，你知道吗？这些年我一直在祈求上天保佑我们能够顺利度过这最艰难的时刻……你昏迷的这些日子，你都不知道我到底是怎么过来的……"

　　"我？我这到底是怎么了？"我非常不能理解现在的自己为何在医院里醒来，而身上的伤口居然如此之多，我在昏迷之前到底发生了什么呢？

　　"唉，这是你昏迷的第五年，所有人都以为你醒不过来了，就连医生都劝我放弃，但我却坚持了下来……对了，秋妤，有件事情我不得不告诉你，就是关于你的爸爸……"

　　"我的爸爸……他是谁？"我的大脑一片空白，虽然有个熟悉的脸庞在我的脑海里闪现了一下，但是无论如何我都想不起他是谁。

　　"秋妤……你是失忆了吗？"妈妈赶紧转头对护士问道，"请问，这会有后遗症吗？我感觉她似乎不是很记得之前的事情了……"

　　"这是有可能的。说实话，病人能苏醒过来，这已经是奇迹了。主治医生马上过来了，一会儿他会详细检查一下这位病人的情况。"

　　"秋妤，你的爸爸出了意外……对不起。"过了一会儿，妈妈还是说出了这句话。而我的大脑却一片空白……此时的氛围陷入了一片沉寂。

意外？什么意外？我为什么不记得了？难道我真的已经昏迷了五年了……

在这五年里，到底都发生了什么？

"苏……"我突然想起来这个字，却不知道我为何会脱口而出。

"苏？"妈妈好像听懂了什么，立马生气道，"你别再提那个女人了！要不是因为她，你也不会变成现在这个样子。你这辈子最不该帮的人就是她！简直是忘恩负义！"

"妈妈，她到底是谁，我身上到底又发生了什么啊……"我赶紧抓住了她的手，而另一只手扶住了脑袋，此刻我的脑仁就像要被撕裂了一样，喃喃自语道："我内心为什么有着非常深的恨意，却不知道应该恨谁或者是源于何处。"

"你想不起来就别想了，你现在需要好好休息。"她对我温和地说道，却好像告诉我，有些事情是多么的苍白与无力。

医生随后走了进来，妈妈赶紧站起来对他说道："您快来看看，我女儿到底怎么了？为什么失忆了？"

医生在给我做了一些简单检查后说道："病人目前一切正常，可能因为昏迷的时间太久，记忆有些模糊，接下来我们会再给她做一些身体检查，如果问题不大的话，相信没多久她就可以出院了。"

"这……"妈妈困惑道。

"您不必太过担心，病人能够醒来已经是万分不容易的事情了，相信一切都会有好转的。"

"好的，好的，谢谢您。"

  如果说这一切就像是迷雾一样笼罩着我,在深渊里的我已经麻痹了自己,可你是否还记得,当初的我也曾怀着最真挚的感情。

第一章　迷

"宝贝，你在这里等我，我去给你办明天的出院手续。"妈妈那高兴的样子，可以看出对于这一天她期待已久了。做完一系列的检查，均显示正常后，我们便决定出院了，至于记忆，医生说随着时间的推移我会记起来一些事情。而目前的我只能从妈妈的只言片语里了解到一些过去。

我走到镜子面前，叮着镜子里的自己：瘦得有些惊人，脸色苍白，眼睛大大的、圆圆的，嘴小小的，鼻梁挺直，而头发也因为治疗掉了很多……我摸了摸有些陌生的脸，试图想起些什么，可于事无补。

我看着主治医生远去的背影，有些不解地向回来的母亲问道："妈妈？我有很多的疑问……"

"怎么了宝贝？"

"我想问的问题可能太多了，有点不知道从何问起了。"

"没事，你慢慢问，我可以帮你回忆。"她对我不安的情绪不停地抚慰道。

"这些天您只告诉我,我叫冷秋好,是在秋天出生的,所以给我取名秋。而我也是在我生日的那天出事的,可我想知道那天到底发生了什么。我知道您之前之所以没有告诉我是怕我再次受到伤害,但请相信我,我可以面对。"

"你是被你之前最好的朋友兼室友苏梦琪伤害成这个样子的。或许是因为她不但伤害了你的身体,还伤了你的心,所以你醒来那天才会喊出她的姓氏吧。"

"她为什么伤害我?是我做了什么吗?"

"你们是小学认识的,虽然初中和高中断了联系,但缘分使然,你们考到了一所大学,还成了室友。后来你帮了她很多,连她父亲的工作都是你帮找的。"

"那关系这么好,她为什么要伤害我,而且还在我生日当天?"我有些震惊,我到底做了什么"十恶不赦"的事情,她要这么对待我。

"我……我也不知道……"妈妈突然沉默了。

"您……为什么会不知道?"我很着急地问出一连串的话,声音有些嘶哑,"难道她没有被审判吗?没有进监狱吗?"

"她当然进了监狱,现在也在监狱里。听说她被判了无期徒刑。但是当警察与法官问话的时候,她丝毫不掩饰自己的罪行,也不解释,全部都承认了,也说愿意受到法律的制裁。唯独她的动机,她死活都不说,只是说了一句'因为我看她不顺眼,她罪有应得'。"

"什么……为何会这样?"我的脑海里似乎还有苏梦琪的身影,但是她具体长什么样子我是完全不记得了。

"我也不知道所有的起因,可能只有你与她清楚。我曾经也很想知道究竟是为什么。但现在我想明白了，有些事情忘记了，或许未尝不是一件好的事情。所以宝贝，现在你要做的事情，就是好好休息，不要让自己陷入这种迷茫中……这些年，因为要照顾你，我不能上班，所以为了给你治疗，我卖了家里的房子，不过好在你终于醒了，我相信，我们的好日子在后面呢。"

"妈妈……"我听后非常感动，拉起她的手。

是啊，如果不是她的坚持，我可能早就离开这个世界了。

"这都是我应该做的，谁叫你是我的女儿呢。"妈妈笑了笑，"你赶紧休息吧，睡一觉，醒来就是全新的开始。"说完便走出了病房，而我再度陷入了沉思。

我打开了手机。这个手机是妈妈给我的，她说这些年一直都是她帮我收着。因为我昏迷得太久，几乎没有人再来联系我了，他们可能都以为我已经离开了这个世界，甚至再也不会醒来了。

手机通讯录里的人并不多，也就十几个。当我打开微信时，发现里面有个置顶，我给他的备注为"贺"。我点开了他的头像，虽然照片有些模糊，但却有一种亲切的感觉。为了能想起他，我又打开了他的朋友圈，却看不到任何内容，我想他应该是把我删掉了吧。

我寻思着，他即使不是我的前男友，也肯定是曾经对我来讲很重要的人。

于是我考虑再三，还是决定给他发一条信息，而出乎我意料的是，他没有删掉我。

我：hi，你好。请问你是？

五分钟后，他回复了我。

贺：你是？

我：我是冷秋妤，你是谁？

贺：怎么可能？冷秋妤不是昏迷了吗？

我：我是冷秋妤，我醒了。我只是想知道，你到底是谁？为什么在我的微信里置顶？

贺：你？你醒了？真的吗？你真的是她吗？

对方似乎有些不敢相信，连着给我发了好几个问号。

我：所以可以告诉我你是谁了吗？

贺：你……你不记得我了吗？我是你的男朋友，黎俊贺。

对于这个答案我并没有很意外。

我：可以发张你的照片，我看看吗？

还没等他发过来，妈妈便走了进来并对我说："秋妤，你记得听医生话按时吃药，还有我给你买的那些保健品，你一定要多吃一点，这样可以补气血，早点恢复活力，毕竟你还这么年轻。"

"谢谢妈妈……那么您现在可以告诉我，我的爸爸到底怎么了吗？"自从我醒来后，这个世界仿佛变成了很大的一个问号，所有的一切都令我困惑。我根本不知道接下来我要做什么，我该做些什么。

"他？你的爸爸……"妈妈突然沉默了，良久才对我说道，"秋妤，你爸爸是在你昏迷后去世的，是因为一场车祸……"

"车祸？"我睁大了眼睛望着她。

她叹了口气，万般无奈地对我说："这也是我万万没有想到的。一个月间，我居然同时失去了两个最亲的人。"而后摇摇头，"我去给你买点好吃的，你想吃什么呢？"很明显，她不愿意继续和我多说关于爸爸的事情。

我并没有打算放弃,用尽力气抓住了妈妈的手,"您还能再告诉我一些关于爸爸的事情吗……"

"宝贝,你现在最需要的是休息。"

妈妈走后,那个自称是我男友的人发了张照片过来。我仔细端详了一会儿,虽然眼睛并不大,有些细长,但皮肤很白净,很帅,是招女生的喜欢的那种类型。

"秋妤在看什么呢?"不一会儿,妈妈就拎着大包小包回到病房。

我很自然地把照片拿给妈妈看:"妈妈,你知道这个人是谁吗?"

"这……"她支支吾吾道,"他应该是你之前的男朋友,名字叫黎俊贺。"

贺:我一直在等你醒来,如果你方便,我可以去医院找你,我们见个面?

我:抱歉,我不是很方便,等我出院了再联系吧。

贺:难道……你还在怪我吗?

我:你在说什么呢?怪你什么呢?

贺:没事没事,只要你能醒来就好。秋妤,你好好休息,我们保持联系。

这个黎俊贺把我说得云里雾里的,到底他说的"怪"指的是什么?

离开医院后,我和妈妈回到了家里。我们的家在郊区,是一个简单的一居室,看状似乎很久没有人收拾过了。

"妈妈,这个是……我们的家?"我带着疑问与怀疑的语气问道。

"这是我租的房子,为了给你治病,家里的东西基本上都卖了,咱们俩只能在这凑合住了。"

"对不起妈妈,我不该这么问的。"我很抱歉地说道。

"没事的,那个是你的房间,我睡沙发就好了。"她指了指旁边的屋子,"对了,你的衣服基本上都被我卖掉了,你以前很喜欢买大牌,为了给你治病只好这么做了。如果你需要什么衣服,就去买,这个卡里有一万,你先拿去,不过以前公主的生活我们是过不了了,需要节俭一些。现在你身体也恢复差不多了,可以去打工,我相信我们以后的日子会越来越好的。"

我知道,这些年她受尽了委屈。我能明白这些日子,她一个人到底有多难过,抱着一个完全没可能苏醒的我强撑下去。

"妈妈……"我抱着她,似乎感觉到了她身上的热度与温暖,"谢谢您一直陪着我,没有放弃我。如果没有您的坚持,或许我根本醒不来。"

"这都是应该的,我答应过他的。"

"他是谁?"

"你的爸爸。"

"我的爸爸……"

"秋好,既然已经醒了就别想那么多了,一切都应该重新开始了,不是吗?"妈妈握住我的手,笑了笑,对我温暖地说道。

我的妈妈……真的是一个很温柔的女人。

"我没有学历,也不知道能做什么工作。"我沮丧道。

"我认识一家花店的老板,他们刚开业,离我们家很近,正好也在招人,要不你先去卖花吧,等我们攒了钱后,我再送你去读书。"妈妈对我建议道,"我也要找工作了,我以前是做会计的,前两天我看有一家会计师事务所正在招聘,条件挺合适的,我也去试一试。"

我点了点头,正打算去收拾东西,"哦,对了。"妈妈似乎是想起了什么事情,从柜子里拿出一个箱子递给我,"秋好,这个箱子是你爸爸留给你的,但是密码我不知道,如果你还能想起来的话可以打开它。"

这个箱子做工很精致,看起来价值不菲。密码我确实是不记得了,但是我晃了晃箱子,里面也没装什么重的东西,似乎是书本之类的。

"这密码到底是什么呢?"我简单地拨动了一下箱子上的锁却打不开。

"暂时想不起来也没关系,不着急。"妈妈安慰我道。

看来只能等我恢复记忆后再说了……

　　你知道为什么月亮的光芒永远都是很朦胧的吗？因为看不清楚的样子才最美丽。那种毒药般的魔力足够让人下坠。

第二章　贺

几天后,妈妈替我联系了花店的老板,花店的老板同意我过去上班。上班之前我帮妈妈打扫了家里,也买了些日用品,尽可能让家里变得温馨一些。既然这是我们唯一的家,就要有一些家的样子。我昏迷的这五年,因为靠输液度日,身材变得很瘦小,以前的衣服基本上都穿不了了,所以我还去商场买了一些衣服。

生活看似进入了正轨,可我并不甘心,尽管妈妈不希望我把生活的重心放在过去,但我决定还是要尽早弄清楚我到底都经历了什么。于是,在我上班的前一天,我主动给黎俊贺发了条信息。

我:你现在方便出来见一下我吗?

贺:好啊,方便!那我去哪里找你呢?

我:我现在就在南城的商场里,如果你有空就来找我吧,我在这里等你。

贺:好的,等我收拾一下,大概半小时后我就到。

我找了个咖啡店等他，无聊之际我想起妈妈说我爸爸生前是一名成功的商人，所以我便试着在手机上搜索着我爸爸的名字——冷午英，没想到还真给搜到了。介绍里说他不仅是个商人，还是个书法家，有很多人专门去找他求字。他出过书，还给很多大学题过字，不过在2015年的时候，他的公司便破产了，且在2016年出了车祸，紧接着就去世了。

看到这里，我的心突然有些慌乱。不禁怀疑，他公司破产和车祸会不会有什么关联？这到底是一场阴谋还是意外？

就当我一头雾水的时候，一个男生站在桌子前对我说："冷……秋妤？是……是你吗？"

我抬起头，看到一个高高的、染着棕色头发的男孩眼里闪着泪光，有些激动地看着我。他的耳边夹着十字架耳钉，眼睛细长，单眼皮，皮肤白皙，鼻梁很挺，看起来确实是魅力十足。这样的男生的确是我喜欢的类型。

"是我。"我紧接着站了起来，立马把手机装到了包里，随手捋了一下头发并对他说，"嗨，好久不见了，你是黎俊贺对吧？"毕竟是见前男友，我不想让他看到我十分憔悴的一面。

"你真的……你真的醒来了！"没想到他居然很激动地抱住了我，"我……我以为……你不会再醒来了……我去医院偷偷看过你很多次，你都昏迷着。你看你……都瘦了，以前你的脸上还有些肉……对不起……对不起……都怪我不好，是我没有保护好你。"

"医生说我能醒来就是一个奇迹，这五年我一直靠输营养液而活着……"

"我的秋妤公主，你能醒来就是好的！以后我带你去吃各种好吃的,带你去玩好玩的。你不知道,你昏迷的这五年里,我每天都怀念我们在一起的日子,那个时候我真的很开心……秋妤……对不起……"他的情绪依旧还是那么热烈,紧紧地抓住我的肩膀,就好像怕我下一秒要飞走了似的。

"不好意思……你弄疼我了。"我赶紧把他的手从肩上拉了下来,特意保持了距离。

"对不起……对不起!我真的太激动了。那天收到了你的微信,刚开始我以为是你家里人给我发的,没想到……居然真的是你本人!"他的情绪依旧十分激动,"过去的事情你都想起来了吗秋妤?"他坐了下来,并对我关心地问道,"我们的点点滴滴,你都还记得吗?"

"基本上吧,至少对你有些印象了。"我不敢说实话,害怕他对我有所欺骗,不告诉我一些事情的真相,"对了,我想知道我为什么会被苏梦琪伤害,我到底做了什么事情让她这么恨我?你应该知道原因吧?"

可能是黎俊贺没想到我会问这些,突然沉默了一会儿,而后才开口对我说:"对不起啊秋妤,你和苏梦琪之间的事情……我也不是很清楚。"

"是吗?原来你什么都不知道啊……难道我之前没有和你说过吗?"

"你没怎么和我说过你们的事情,毕竟女生的事情嘛……而且我和她的关系很一般,只是偶尔和她有交集而已。"

"那以前的我是个什么样的人呀?"

"你啊,就是个霸道的小公主,平时说话很直接,也经常得罪人,但我知道你就是喜欢直来直去,这是你的性格。你很喜欢打扮自己,也喜欢买奢侈品,对待朋友也很大方,可以为了朋友两肋插刀。"他笑了笑,温柔地望着我,然后接着回忆着过去,"不过现在的你好像变温柔了许多……"

我有些沉默了。

"没有的秋好,我不是那个意思,你别生气。你在我心里非常的可爱又善良。"

"所以苏梦琪是讨厌我的,对吗?我听我妈说,苏梦琪曾是我最要好的朋友,和我住在一个宿舍,之前我们每天都是形影不离。"

"我也不知道,就连她最后都没说,或许……或许……"他沉思着,一直在重复着一个词语,然后突然找出来了一个答案,"可能是她嫉妒你吧,嫉妒你家世好、长得漂亮、成绩更好。"

"是吗?可是我们明明是最好的朋友啊?好朋友之间为什么要互相嫉妒呢?"我张大了嘴,表示不理解。如果是别人就算了,为什么偏偏是我最好的朋友呢?

"你真的和她不熟吗?"

"对,我和她并不熟。"他很着急地解释道,"秋好,你好不容易醒来了,过去的事情就不要再追究了,尤其是那些不愉快的事情,都抛之脑后吧。"黎俊贺劝道,紧接着抬起头举起手来发誓,"今后我一定会一直在你身边保护你,不会再让你受到类似的伤害了,就算是豁出我这条命……请你再相信我一次好吗?"

"黎俊贺……我不知道过去究竟发生了什么。如果真的因为某件事情而激化了我与她之间的矛盾,我还是想先查清楚事情的经过。否则我不踏实。"

"都怪那天我临时有事情走了……"他连忙解释道,"如果

| 第二章 贺 |

我知道,我一定会告诉你所有的真相。"

"所以那天你到底因为什么事情才离开的?"

他思考了一会儿,便对我说:"那天我接到了一个短信,是我妈妈给我发来的。我以为是她有什么急事便离开了……对不起……我真的很懊悔……我当时为什么要走开,我为什么没有保护好你……"从他的言语中我深切地感受到了他的愧疚,或许这是他最真实的感受。

"如果那天你在……我是不是就不会遭遇这样的事情了呢……"

"秋好,我还有话想和你说……就是……我真的……"

见他吞吞吐吐的样子,我着急道:"你到底想说什么?"

"秋好,"黎俊贺的表情突然又严肃起来,"你还愿意继续当我女朋友吗?我们……我们或许可以重新开始。虽然你昏迷了五年,但是我一直在等你。我是真心的,你要相信我。"

"我现在不太想恋爱,我只想要好好生活,这是我当下的唯一目标。"此刻我只感觉到心累,已经没有心力对爱情这种事情上心了。

我对他摆了摆手,打算转身离开。黎俊贺再次说道:"秋好,我等你,今天我说的话都是真心的,请你相信我。"

"黎俊贺,我想问你最后一句,苏梦琪喜欢你吗?"我酝酿了很久,终于把这个困惑我很久的问题问了出来。

当依赖成习惯,当信任成常态时,就算失去了记忆,可我的心却悸动着。可是,我们之间的所有回忆是否是真实的呢?

第三章　续

我离开咖啡店后坐上了地铁，一路上还回想着黎俊贺的表情和他刚说过的话。

他的第一反应是愣住了，紧接着思考了一会儿才回答道："她不喜欢我。"

"是吗？还是你在瞒着我什么事情？"我紧接着逼问道，好想从他的嘴里套出一些话来。

"我瞒着你什么事情呢？我是真的不知道她的心思，她也从未说过，秋妤，请你相信我好吗？"

看他那么真挚又激动的眼神，我选择暂且相信了，"对……对不起，我只是想弄清楚事情。"我有些不自信地抬头望着他，紧接着又把头低了下去，紧紧地咬着嘴唇。

走之前我答应他，我们目前可以以朋友的关系保持联系，至于其他的事情顺其自然。其实我承认，虽然昏迷了这么久，但见到他的那刻我的心还会悸动。

黎俊贺还告诉我，苏梦琪被关押在北边的监狱里。他听其他人说，有同学想去监狱看她，但是都被她拒绝了。尽管如此，我决定还是要去试试，否则所有的事情就像是迷雾一般，一直牵动着我的心，让我夜不能寐。

回到家时，妈妈已经做好饭等着我了。

我闻着香喷喷的饭菜，瞬间感觉到了心安。

"秋妤，你回来了？试试我今天的厨艺怎么样？我给你做了条鱼，这是我最拿手的一道菜了，你爸爸就很喜欢吃……"

"哇，好香啊。"

"你今天都去做什么了？"妈妈递了个碗给我，然后问道。

"我……我去见我的前男友了。"我想了想回答道，顺便吃了一口鱼，"哇，这鱼做得真的好美味，妈妈你手艺不错啊！"

"以前你也总这么说，但是我叫你回家，你却总不回来。"妈妈摇摇头，紧接着叹了口气。

"是吗？我以前不怎么回家吗？"我有些不解地问道。

"是，你不经常回来，甚至一年才能见你一次，你那个时候还年轻，对于很多事情都不能理解。"

"很多事情……"我喃喃自语，虽然不知道她究竟说的是什么事情。

"对了，你去见前男友了？他对你说了什么？他是不是还想和你复合啊？"

妈妈一连串问了我好多问题，但是一提到黎俊贺这三个字我就开始有些不知所措，我酝酿了一会儿，缓缓地回答道："嗯，他啊，确实是想跟我复合……听他的意思，似乎是一直在等我醒来呢，这期间一直没有交往过其他女朋友。"

"那么秋妤……你打算跟他复合吗？"

"我看到他眼睛的那一刻,居然心跳加速了。或许我还喜欢他吧……"

"没想到你对他还有感觉,都过了五六年了还能如此。不过男人的话不能全信,谁知道他到底有多痴情。"

"嗯……对了妈妈,我今天上网查到了关于爸爸的一些事情,你能跟我具体讲讲吗?"

"你想了解关于你爸爸的什么呢?"

"网上说爸爸的公司是在2015年突然宣布破产的,然后在我昏迷后不久他就出了车祸,肇事司机抓到了吗?他是谁?这场车祸是意外还是阴谋?"

"警方的调查结果是意外事故,肇事司机和你爸爸之间没有什么利益关系、情感纠纷,所以这场车祸并没有什么阴谋。而且你爸爸临走前不但把那个箱子交给了我,还告诉我不让我追究司机的责任。"

"那爸爸的公司为什么会破产呢?我们家生意做得不是很大吗,怎么会这么突然?"

还没等妈妈开口,她的手机便响了起来,然后看了一眼对我说:"秋妤啊,你先好好吃饭,妈妈去接个电话。"

"呃……好的。"

她转身拿着电话进了屋子,只听到前面她是这样说的:"喂,你好,我是刘莉华,之前给你发的资料收到了是吧……"

等她回来后,妈妈说是她面试成功了,电话是公司老板打来。至于爸爸公司破产的原因她还是没有告诉我,因为她说爸爸公司的事情她一直都不干预,所以的确不清楚。而我只能作罢。

我打算去睡觉的时候,妈妈突然对我说:"秋妤,你爸爸之前欠下的钱我确实是没有能力偿还，不过你爸爸唯一的朋友帮我们把钱都还上了，所以你不必担心有人会来讨债，我们现在只需过好自己的生活就可以了。"

"爸爸唯一的朋友？"哪个叔叔那么好心呢，"那我们需要登门感谢一下吗？"

"人情我会偿还的，不需要你做什么，你就安心地生活吧。"她的话语中有些哽咽。

第二天一早我便去了花店。花店老板娘没有我想象中的好相处，第一句话就很尖锐地说："姑娘啊，你这个手这么纤细，能干粗活吗？以后得天天收拾各种花啊草啊，那个玫瑰花可带刺，你可得小心。"

"没问题的老板，既然我来了就会好好干的。"我对她保证道。

可能因为是新店，花店的客人不是很多，所以第一天干下来还不算累。

一转眼一个月便过去了，我的生活看似走上了正轨，对以前的记忆、人稍微有些印象了，但还是不清晰。我与黎俊贺如先前约好般保持着联系，但我并没有放弃通过他找出线索，"你还有其他同学的联系方式吗？"

黎俊贺很不解地问道："秋妤，过去的事情都已经过去了，你到底还在纠结什么呢？"

"我还是想了解一下之前的事情，或许别的同学会知道一些，你可以帮我吗？"

"我知道你另一个室友吴笑琳的电话，你可以打电话问一问，对了，她在一家金融公司工作，地址是×××。"

我和他道了声"谢谢"。不过我还是打算先去找苏梦琪问一问，看看她是否愿意和我说一些真心话。

不出所料，她并不愿意见我，且给我留了句话："我再也不想见到她了。"

黎俊贺听说后想陪我一起去见吴笑琳，但我拒绝了他的好意。尽管我答应他保持联系，但他的"穷追不舍"让我有些压力，毕竟现在的他对于我来说还算一个"陌生人"。

"那好吧，如果有需要再找我，随叫随到！这次我一定不会再让你深陷危险中了。"他对我承诺道，看起来十分真诚与诚恳。

"谢谢你了。"他说的话还是挺让我感动的，心里暖暖的。

"我现在工作还挺好的，在一家游戏设计公司，一个月也能挣个一两万。不像是以前……秋好，你再考虑一下好吗？我真的很喜欢你……我的心从未变过。"

"你以前……也总会说这些肉麻的话吗？"

"肉麻吗？"他的眉毛挑了一下，"我并不觉得肉麻呢。"

"现在的我真的无法接受你，俊贺，对不起……"

黎俊贺走后，我给吴笑琳打了通电话，她很快就接听了。

"请问您是？"

"你好，好久不联系了笑琳，我是冷秋妤。"

"冷……冷秋妤？你……你醒了？"

"对，我醒了。我想了解一些事情，可以吗？"

"你想知道什么？"她似乎有所防备。

"我们可以见面说吗？"

"见面就不必了吧，你有什么事情就电话里说吧。"

"我就想知道苏梦琪为什么会伤害我。"我开门见山地说道。

"这个事情……你应该去问她,你问我做什么?"

"她……她不见我。"

"抱歉,我也不清楚你们的恩怨。我这里还有工作,就先挂了,你不要再给我打电话了。"还没等我说话,她就果断地挂了电话,仿佛我是个瘟疫似的。

我有些沮丧地坐在了椅子上,从她的语气中,我能够感觉到她分明知道些什么,所以尽管很生气,但我并不打算放弃,索性直接打了辆车去了她工作的地方。

到了吴笑琳所在的金融公司,我直接走了进去,很快就有工作人员接待了我。他上下打量了一下我的穿着和打扮——梳了个马尾辫,穿了双帆布鞋,背了个双肩包,有些不屑地说:"您要做什么业务?"

"我来找吴笑琳的。"我开门见山地说,"麻烦你帮我叫一下,我找她有非常重要的事情。"

"哦,您找我们吴总啊?抱歉,恕我眼拙了,您找她什么事儿啊?"他用一种皮笑肉不笑的语气,对我说着。

"我是她的朋友,有很重要的事情找她,所以她到底在不在?"

"那您稍坐,我去问问吴总,看她现在有没有时间接待您。"

我在沙发上坐了大概十分钟后,那个满脸不屑的工作人员就回来了,对我一脸高冷地说道:"抱歉,我们吴总今天有事情,不能接待您,不如您改天再来吧?"

我心中充满了怒火。到底是为什么?怎么感觉做错事情的是我?如果我真的有错,为什么不直接说呢?到底有什么话是说不出口的呢？

"你看你那个耀武扬威的样子！你们就是这么对待客人的吗？"我对那个虚头巴脑的工作人员指责道，紧接着对公司里面的办公室大声叫道，"吴笑琳，我知道你在里面，你给我出来！"

"你……你，你！你怎么还带侮辱人的！"他对我大叫道，"来人，来人，快把她给我赶出去。"

紧接着一个保安跑了出来，他看了看我却没敢动我，只是说了一句："女士，请您出去，这里不能大声喧哗。"

就在我准备再次大叫的时候，有个身影突然冲了过来，立马搂住了我的肩膀，对那几个工作人员说："抱歉，你们别太介意。我女朋友性子急，她和你们吴总可是很好的朋友，就是闹了点矛盾。不过……"

"什么？"那个工作人员推了推眼镜，打量着眼前这个男人。

没错，这个男人就是黎俊贺，他竟然跟着我到了这里。

"不过你们真的是狗眼看人低！！就是你，觉得自己在这里工作就高大上了是吧？你根本不配和我的秋妤说话。还有那个姓吴的，回头告诉她，别觉得自己有多厉害，从上学的时候我就看她不顺眼了……"

没想到黎俊贺话锋转得这么快，连我都有些蒙了，更别说那个工作人员和保安了。

黎俊贺拉着我离开了金融公司，并安慰我道："吁，真是太过分了，这帮孙子！还好我及时出现了，否则怕你骂不过他们！不过你大小姐的脾气还是没变啊！还是这么冲呀。"

我甩开了他的手，没好气地问道："你什么意思？你来不会就是为了想教育我吧？那个吴笑琳到底什么情况，怎么这么大架子呢？我到底得罪她什么了？"

"不是，我只是觉得你会来这里而已，我想着有什么我能做的事情。我刚才可是帮了你，你怎么又骂了我一顿呢？"

"我现在就是想要见吴笑琳一面，怎么就不行了？"

"你还是这么要强，难道什么事情都要自己解决吗？咱们可以计划一下再行事啊。算了，过去的你也是如此，什么事情都不会听我的。"

"计划？那你说来听听。"

"秋妤，那个吴笑琳本来就是心高气傲的一个人，而且特别装，她在学校里的时候就这样，谁都看不起，尤其是你比她身世好、学习好，或许她早就看不过去了呢！你不要和她一般计较。都怪我，我就不该把她介绍给你，还害你生一肚子气。"

"好吧，你说得都对。"我点了点头，不得不承认这个事实，"那你能告诉我，现在我到底该怎么办吗？"

"嗯……我想想。不如这样，我哪天有空把她约出来，我也不晓得她会不会见我。如果能约出来我再叫你来不就行了吗？"

"那既然如此，我就先走了，今天谢谢你了。"

"那现在你要去哪里？"他赶忙叫住我，关切地问道，"我可以陪着你吗？"

"我要去一趟心理诊所，咱们还是微信联系吧，我先走了。"我对他摆摆手，便离开了。不知怎的，我觉得他有什么事情在瞒着我，尤其是在我和苏梦琪的事情上，又或许是我想太多了。

我下午约了心理医生方承景，30岁，是英国留学归来的精英，在业内很是有名。这个医生是妈妈推荐给我的，她说现在我的身体虽然问题不大了，但是心理阴影还是很深，尽管她不是很愿意让我回忆起那些伤心的过去，但为了让我能更好地生活，她妥协了。

我敲了敲门，隔着门对方说了一句"请进"。他的嗓音比较深沉，而且富有磁性。

应声而入后，我便对上了他的眼神，他的眼神很深邃，而且有一种似曾相识的感觉……就这样，我们对视了很久。

良久，我才反应过来，问道："您好，医生，请问……"

回过神儿的他便让我坐了下来，并对我说："不好意思……您好，我是您的主治医生方承景。之前是您的母亲给我打电话咨询过，希望可以帮助到您。"

"……"我沉默了。

"对不起……请问我是哪句话说错了吗？"

"没事，是我的问题。"

"没关系的冷小姐，我相信一切都会逐渐好转的。"

"谢谢您。不过这里的治疗费用很贵吧？"既然妈妈不愿告诉我，我便直接问医生了。

"费用并不多，请您放心。"他对我保证道，"我相信，通过我们的治疗，您一定会越来越好的。"

"是吗？希望如此，之后麻烦您费心了。"

"您放心，以后有什么事情可以随时联系我，我24小时都会在，但是您必须无条件信任我。"

"嗯嗯，我相信您。"我点了点头。

方承景一表人才，很是帅气，但这种帅气和黎俊贺不一样。他是冷峻型的。

当我盯着他有些入迷的时候，他又对我说："那么，以后我就叫你秋好可以吗？这样显得亲切一些。"

"好的。"我一口答应道。

"你现在还有什么问题问我，如果没有的话，我们可以开始今天的治疗了。"

"我没什么问题了。"我对他回答道，"现在需要我配合做些什么呢？"

他让我躺在一个治疗的椅子上，然后放着舒缓的音乐，开始用缓慢地语气说："现在你就想象自己在云中，看看你能够看到什么。尽量保持平静的心，不要着急，慢慢地想象。"

我躺在椅子上，静下心来，大概过了两三分钟，我好像看到了一个白色的房子，准确地说，那是一栋楼。

"楼，白色的楼。"我对他肯定地说道。

"那是什么样的楼？"

"就是下面有很多人围着，然后他们都看着我。在楼的上方有很多云彩，但是空气很稀薄……然后有一个很大的……操场……他们都欢呼着、雀跃着，好像在搞什么活动……"

"那可能是你的学校。"

"我的学校……"

"还看见了什么吗？"他接着对我问道，"你努力想想那天，就是你被捅伤的那天，到底发生了什么。"

我站在镜子面前梳妆打扮，穿了一件自己最喜欢的粉色连衣裙，左看看右看看，很满意自己的样子。那天苏梦琪好像因为家里的事情，便没有来参加我的生日会。

在生日前夕，我买了一个两层的蛋糕。蛋糕是我专门找蛋糕店定做的，上面有个很大的蓝色蝴蝶结。我怀着洋溢的心情，所有人都微笑地看着我，为我庆祝，为我唱生日歌。他们说让我闭上眼睛许愿。

我闭上了眼睛，默默地许了个愿望。

正当我切完蛋糕的时候，男朋友突然说有事情要出去一趟，一会儿就回来，然后便留我和其他室友在宿舍里。突然这个时候，一个身影闯了进来，我根本来不及闪躲，那个人一刀一刀地扎在了我的身上……

我倒在了血泊之中……脑袋狠狠地磕在了桌角上……

此时，我只听到周围的人全部都尖叫着……

我的眼睛紧闭着，手放在胸口上，却不停地发出喘息的声音，好像随时就要坠落深渊一样，这个时候方承景突然握住我的手对我安慰道："别害怕……你到底看见了什么，要如实告诉我，那些都只是过去发生的事情而已……我们要面对它。"

"我……我好像还看见了一个女生，她似乎要把手伸向我，却又收了回去，好像想和我说什么……"

"她叫什么名字，你还记得吗？"

"她叫……"

我曾经对未来充满了幻想，曾经的我在那一瞬间突然坠落。多希望幻想的都会成真，难过的都没发生。

第四章　忆

她叫白紫曦。

我想了很久，才想起来这个名字。虽然她的脸有些模糊，但是我清楚地记得这三个字。

我对方承景问道："她为何那样看着我？她好像很想救我却无能为力的样子。我看到她的手又缩了回去，她到底在想些什么呢？"

"或许在你被苏梦琪捅伤的那刻，她是真的想救你。"他轻轻地对我说道。

"可是为什么，我看到她的手又缩了回去。"

"她可能有什么难言之隐。这可能是你能找回真相和记忆最关键的一个人，你需要去找她问清楚。"

"问题是我现在该去哪里找她？她能够帮助我吗？"我有些害怕再次被拒绝，"虽然我对于这个女孩的印象很深刻，想到她的时候心头好像涌着一股暖流，似乎她在我的生命里起到一个很重要的作用。"

"请相信你的第一直觉和心理反应,这应该是你在昏迷之前看到过的场景。我相信她是真心想帮助你的。不如你去学校里问问过去的老师,或许有她的消息,还能顺便帮你找寻记忆。"

"是吗?"我半信半疑地对方承景医生问道。

"是的,请你相信我。带患者回到一些之前总去的地方,有助于帮助他们恢复记忆,这就是一种心理学的疗法。如果我们寻找回忆的方向是正确的,相信你也能很快痊愈。"

正当我要离开诊所的时候,方承景突然叫了我一声:"秋妤?"

"怎么了?"

"你看看你头顶上方的那幅画,有什么感觉?你认为画中画的是什么呢?"

我仔细看着那幅画,似乎和我之前见过的画有些不同。上面画着的是一个舞者,她在旋转着,但是表情却很痛苦。周围是黑漆漆的一片,她是那画中唯一的光点。

"我觉得她在黑暗中跳舞。"

"是吗?现在我没有其他问题了,我们随时保持联系,期待我们的下次见面。"

我和他摆了摆手便离开了诊所。本来打算拿起电话打给黎俊贺,问问他白紫曦是不是确有其人。但就在我犹豫之际,他给我打了过来。

"秋妤,你现在方便说话吗?"能明显感觉到他的小心翼翼。

"嗯,我刚从诊所里出来。"

"感觉怎么样?想起点什么了吗?"

我沉默了一会儿,问道:"黎俊贺……我想问你点事情可以吗?"

| 第四章 忆 |

"秋妤，你想问什么就问吧。"

"你知道白紫曦这个人吗？她是我的室友吗？"

"嗯，是的。"

"刚才做心理治疗的时候，我仿佛在半睡半醒间看见她了，所以我就想问问关于她的事情。"

"原来如此。白紫曦是你的另外一个室友，你们宿舍一共有四个人。"

"她人怎么样呢？"

"这个我并不清楚，那是你们女生之间的事情。你之前和吴笑琳、苏梦琪走得更近一些，我对她们两个了解更多一些。至于那个白紫曦嘛……我只记得她很腼腆，不爱说话，性格很内向，好像是留了个短发和齐头帘，其他我完全不记得了，我也没有她的联系方式。"

"我知道了，谢谢你。"听完这些话，我知道自己现在唯一能做的就是尽快找到白紫曦的联系方式。

我来到了学校，看了一下手机上的时间——三点半，还好不算太晚，老师应该还都在学校。

对于学校的一切，我有一种既熟悉又陌生的感觉。操场上有一些男生在打篮球，我坐在操场旁的板凳上，看着他们，似乎看到了某个熟悉的身影。

我顺着模糊的记忆，走到了原来我经常去的办公室。我深吸了一口气，然后敲了敲办公室的门，"您好，请问有老师在吗？"

一个四十岁出头的女老师给我开了门，并对我说："请问同学，你找谁？"

"我……我是冷秋好，不知道，你们是不是还记得我……我今天来，是想咨询一些事情的。"

"冷秋好？"那个女老师有些愣住了，但是后面一个男老师突然站了起来，略为激动道："让她进来，让她进来！是我的学生啊！"

我走了进去，对这位老师似乎有些印象，他很瘦，头发略微发白，戴着眼镜，眼睛很小，看起来有一种书香气息。

"秋好你回来了？我以为你再也不会回到学校了……看到你，我很激动，还好还好……上天有眼，你可是我最得意的学生，那个时候我就觉得你前途无量，没想到……没想到造化弄人啊！"

从老师的言辞中，我再次确认了一些信息——我学习的确很好。

"谢谢您。不好意思我昏迷了五年，最近才醒来，但是失忆了，我今天来就是想问两件事，第一件事情是您知道苏梦琪捅伤我的原因吗？另一个事情就是您还有白紫曦的联系方式吗？"

"这……"老师面露难色。

"请问您有什么难言之隐吗？不妨和我透露一下，这些事情对我来说尤为重要。因为我根本找不到这一切发生的原因……为什么……为什么这样的事情会发生在我的身上。"我突然有些失落，深深地吸了口气，紧接着低下头来。

"没有没有。只是很久不见你了，突然听到这样的问题没有反应过来……"他顺手推了一下眼镜，对我继续说，"我并不是有什么难言之隐，只是我也不知道具体的原因，有些话也不能乱讲。不过我之前听到你们班的其他学生说：'那个苏梦琪不是和冷秋好是好闺蜜吗？怎么还偷着去见软件工程系的黎俊贺，俩人窃窃私语，到底在说什么呢？'现在想来，是不是因为感情上的问题啊？"

　　我没想到从老师这里会听到这样的话，可难道就因为她想要和黎俊贺在一起所以就要我死吗？

　　"这只是我个人的猜测，所以……"看样子老师有点后悔说出这些话，"你发生这些事情，我们都很难过，只希望今后你能健康、快乐。"

　　"谢谢您了……就算中间发生了那么多意外，现在我已经醒来了。或许是上天觉得我不该死，因为我还有很多事情没有做完，还有很多的人没有去见。"

　　"是啊，我也这么认为的，说真的，再次看到你真的很欣慰。作为一名老师，我还是希望你能完成学业，所以今后如果有机会，希望你继续求学。"说完这些话后，老师从柜子里找出来一个通讯录，翻了翻对我说，"你说的那个白紫曦啊，应该就在这个通讯录里，里面有地址也有联系方式，你自己找一下，希望可以帮到你。"

　　"谢谢……谢谢老师。"我的眼眶有些湿润了，连忙对他感谢道，然后开始翻通讯录，最后一页便是白紫曦的资料。

　　她留的电话与地址都是她家里的，但她家不是这个城市的，找到她似乎会有些难度。把这仅有的信息用手机照了下来后，我便和老师道了别。

　　走在学校的走廊里，我正打算给白紫曦家里打电话时，有个黑影突然走了过来，狠狠地撞了一下我的肩膀，我一屁股就坐在了地上，于是叫了一声："啊，疼……"

　　那个人连忙把我从地上扶了起来，对我说："没事吧，同学？

抱歉，我刚才没看路……"

"你……你是冷秋好？"他盯着我看，一脸不可思议。

我看了一下这个人的脸很是熟悉，却不记得他是谁了。无论我怎么绞尽脑汁还是想不起来。

"对，是我……同学你是？"

"居然是你……我是你的同学，今天特意回学校来看看老师，没想到会遇见你。原来你已经醒了，恭喜你。"

"嗯，谢谢。"

"之前的事情……多有误会，还好你有惊无险。"

"什么事情？"我很疑惑地反问道。

"如果没什么事情，我就先走了。"

"同学？等等……"他似没有听到我叫他一样，快速地消失在了我的眼前。

我看着他的背影怎么也想不起来他到底是谁，只感觉头很痛，每当我想要努力去回忆一些事情时，就会有这样的症状出现。

为了缓解症状，我试图转移一下注意力，可紧接着，我便在走廊的橱窗里看到历届学生的合影，其中有一张照片很是眼熟……这不是我们四个吗——我、苏梦琪、吴笑琳还有白紫曦。

我的脑袋再次感觉到了疼痛，出于本能我捂住了脑袋，慢慢地，我好像想起来了些什么……

……

那年的我 18 岁，如愿以偿地考进了自己梦想中的大学——新都大学。

那天我拎着行李箱走进了新都大学，似乎所有的梦想都已经不是遥不可及的事情了。我幻想着毕业以后找一家律师事务所工作，成为一名优秀的律师。

我环视着学校的风景，绿油油的柏树、白色的砖瓦、新装修好的校园里似乎还有些油漆味，这是梦想的开始，有着我全部的希望与热情。

正当我沉浸在喜悦之中时，有个人轻轻拍了我一下，我下意识回头，看到了我的小学同学——苏梦琪。

"嗨，好久不见。"

"嗨，好……好久不见。"我既惊喜又诧异。我与苏梦琪是在初中分道扬镳的，但是以前我们的关系非常好，几乎每天都在一起，就连周末都要去彼此家学习，谈天说地，一直都很有共同语言。

"怎么感觉你不记得我了？这些年没联系你，还好吗？没想到你还是我记忆中的样子，一点也没变。"她上下打量着我，善意地冲我微笑着，"你是不是在找宿舍楼？我也是呢！我看看你是哪个宿舍的？"

我把我的号码递给她，她看了一下惊喜地对我说："我的天呐，这么巧？我们居然是一个宿舍的！"

"真的吗？"我也很惊喜，张大了嘴，没想到我们居然重聚了，而且是在一个宿舍。

回忆又飘到了很久以前，是小学毕业的那一天，她拉着我的手，我记得她一直都是胖嘟嘟的，真挚地对我说："秋好，我们还是要做好朋友，一辈子不分离。以后也要保持联系啊！我家的电话号码你别忘记了，记得给我打电话。"

毕业以后，我还是经常去她家玩，我们一起去游泳、跳绳、看电影、玩捉迷藏……那段时间仿佛是我人生中最开心的时候了。

直到有一天,爸爸跟我说:"秋妤,我们要搬走了,你收拾一下你的衣服还有各种玩具吧。"

"什么?要搬走了?那……那梦琪呢?我以后要怎么再见到她?"

"梦琪?你的那个小学同学吗?以后你再回来找她玩便是了。"

"那我们什么时候走?"

"现在。你赶紧去收拾一下吧,爸爸等你。"

"这么着急吗……爸爸,我不想走,可以不走吗……"我很难过地问爸爸。

"爸爸挣了一笔钱,在北都买了个大房子,这个家你不是一直感觉很小吗?你之前一直说要养狗,去了新家爸爸就给你买,你喜欢什么就给你买什么,好不好?"

"可是……爸爸,我不想离开。"

最后,我们还是搬了家。

"秋妤?秋妤?"苏梦琪摇了摇我的肩膀,对我说,"你发什么呆呢?我还想问你,当时你为什么不辞而别?我去你家找你玩,怎么敲门都没有人应,又过了一段时间我去找你,就搬进去了新的住户,我便问他们你去哪里了,他们说并不清楚,只是买了你们的房子而已。"

"我爸爸说要搬家,我只能跟着走了……"

"算了,反正你也是不想的,后来我从新闻上看到你的爸爸成了名人,你现在日子过得很不错吧?"她上下打量了我一番,"你看你出落得越发标致了,不过没关系,我们依旧是好朋友嘛!"她激动地抱住了我。

"是的,我们依旧是好朋友,这次我不会再离开你了!"我对她承诺道。

"好好好,希望你能说到做到,我的秋妤,你还是那么漂亮呀,估计班里的男生见到你都会拜倒在你的石榴裙下呢……"

"哎呀,梦琪你又在开玩笑了。"我的脸有些发红,非常不好意思地说道。

我们到宿舍后,另外两个室友已经就位了。

"你们好啊,我叫吴笑琳,这位叫白紫曦,以后我们就是一个宿舍的了。"吴笑琳看见我们后连忙跟我们打招呼,热情地伸出了手。

"你们好,你们好。我叫冷秋妤,这位是苏梦琪。"我们也热情地回应道。

"秋妤?"黎俊贺不知道什么时候到了我身边,拍了一下我的肩膀,我立马从回忆里抽离了出来。

"你在这里发什么呆呢?"他看了看我正在盯着的照片,似乎明白了些什么,拉着我的胳膊想要带我离开,"秋妤,咱们走吧……走吧,别看了。"

我甩开了他的手,"你怎么找到我的?怎么我在哪里你都知道……"

"我下班了没事干,想着你可能会来学校找白紫曦的联系方式,没想到还真被我猜中了。"他对我解释道,"我只是担心你的身体,万一有什么需要我帮忙的,我还能帮你。"

"真是什么都瞒不住你。你看,我已经拿到白紫曦的联系方式了。"

"所以你现在要联系她吗?"

"是的。我相信她能够对我有所帮助,能够尽快让我记起来过去的事情。"

"其实那些事情并不重要……你好好活着,才是最重要的。"

"那些事情也很重要,你不懂的。"听到他这番话我的心里很不是滋味,"现在对我来讲过去的每一件事情都很重要,尤其是所有的细节。"

"好好好,我拗不过你。"

"说说吧,把你知道的都告诉我,过去的现在的都可以,要是你什么都不说,就没必要再跟着我了。我已经成年了,可以照顾好自己的。如果你是为了其他的什么……"

"你觉得我对你好到底是为了什么?有什么目的?"

"我已经没钱了……如果你是为了钱大可不必……"

"冷秋妤!"他对我怒吼道,"你怎么能这么想我……我只是为了你……你是'公主'这件事情确实没错……但我家里条件不好,也确实不是我的错啊……这些年我为了你很努力在工作了。"他的眼里含着泪水,我也能感觉到他的情绪。

"好好好,是我错了,你别生气。"

"你知道我等这一天等多久了吗?我期待着,我见你醒来满心欢喜,我为了你变成了更好的自己。我不告诉你之前的事情,不是不想告诉你,是太多事情我也不知道原因。你为了探寻一个真相去找了多少人,而他们告诉你了吗?"

见他情绪这么激动,我有些吓到了,于是拍了拍他的肩膀,

第四章 忆

041

对他安慰道:"抱歉。我只是太想知道以前到底发生了什么……我不是故意说那些话的,也许因为被苏梦琪伤害过,所以总觉得谁都要害我……"

"对不起,秋好。我是不是刚才吓到你了?"他摸了摸我的头发表示十分懊悔,紧接着一把把我抱进怀里,对我安慰道,"你这样说我,我心里真的很不舒服,对不起。放心,以后我不会再对你凶了。"

我最终选择接受他的道歉:"没事了。刚才我在走廊里遇到了一个男生,他个子不算特别高,戴了顶帽子,却表露出认识我的样子,看见我的时候很是惊讶,可惜我不记得他是谁了。"

"或许是你们班的同学吧?"

还没待我细问,便收到了一条短信,是方承景医生发来的。

方:秋好,你去学校了吗?看到之前的熟人了吗?想起什么了吗?

我:方医生,我似乎想起来入学那天的一些片段了,我今天还见到了一个很奇怪的人,不知道和我之前的事情有没有关联。

方:别着急,我们慢慢来,下周二记得再来找我。

"谁啊?"黎俊贺十分好奇地凑过来问道,"给你发短信的人是谁?"

"是我的心理医生……"肚子突然"咕嘟咕嘟"地叫了起来,我有些尴尬地捂住自己的肚子,"呃,我有点饿了。"

"好嘞,我的秋好大小姐,以后你的饭我全包了好不好?"

"那不得吃穷你呢……"

"吃不穷的，你放心……在你昏迷的这几年里我攒了很多钱，就是为了以后可以请你吃遍天下的美食。"

"你怎么觉得我一定会醒来呢？如果我没醒来呢？"

"你肯定会醒来的，我的直觉告诉我你一定会再次回到我的身边的。没有你，我的世界都是灰暗的。我觉得自己努力的这些年唯一支撑的信念就是你能够醒来。"

我再次被感动了。我承认，我对他多多少少还是有些感觉的，如果之前那些痛苦的事情真的与他无关，再次和好也确实是一个不错的选择。

当坚强被所有人歌颂时,
我怎么好意思说,我很难过。

第五章　继

　　我随着黎俊贺来到了一个西餐厅。我看了看四周，有种似曾相识的感觉，好像曾经来过这里。
　　"其实我以前不太爱吃这些，但是你很爱吃。自从你出事儿了以后，我就经常一个人来，因为我怀念我们曾经在一起的日子。你还记得这家餐厅吗？以前你总带我来，你会点一桌子菜，然后一样就吃一点。我害怕浪费，所以就把剩下的都吃掉，和你在一起以后我胖了好多呢……"他笑着回忆道，满脸幸福的样子。
　　我尴尬地冲他笑了笑。
　　"我以后肯定不会再浪费粮食了。"
　　"你想吃什么，随便点。"
　　我盯着菜单看了很久，然后陷入了之前的某段回忆里。

　　"秋妤，你又点了这么多啊？我们其实都不太饿……"吴笑琳拉着白紫曦对我和黎俊贺说道，"以后还是少点点吧，真的浪费。"

"好啊,但是我想我们四个人要一起吃,我才点了这么多。"

"就好像我们很需要你施舍一样……"我听到白紫曦小声嘟囔着,后面的话没怎么听清楚。

"什么?"我对白紫曦的话语产生了疑问,我明明是好意,却被她当作是"施舍"。

"没什么没什么,我们吃饭吧。"吴笑琳对我笑了笑圆了一下场,"哦对了,梦琪呢?她怎么不在呢?"

"谁知道那个小妮子去哪里了,最近都不见人影……"我也有些奇怪,最近苏梦琪怪怪的,经常说自己有事情,不肯出来,也不知道在忙些什么。而此时的黎俊贺正抿着嘴唇,好像在思考些什么。

"秋好?秋好?"黎俊贺见我在发呆,便叫了我几声。

"嗯?"意识到自己愣神了,我赶紧回应道,"没什么,我就是想起来了一些事情。"

"是吗?你想好吃什么了吗?如果想好了,我叫服务员来点餐。"

"想好了想好了,就牛排和薯条吧。"

"你的口味还是没变。"

点完餐后,我们两个人都沉默了。他看着窗外,仿佛在思考什么,而我却低着头玩手机。或许是因为他太久没有和我在一起了吧,所以很多时候变得非常腼腆,很想和我说什么,却又咽了回去。

"黎俊贺……"我轻轻地叫了叫他,"谢谢你请我吃饭,我听说我们之前几乎每天都在一起,形影不离的……"

| 第五章 继 | 047

"是啊……我们认识整整七年了。不过对我来讲,似乎像是过了几亿年那么漫长,感觉遇见你后我的人生都改变了。"

"为什么这么说呀?"我有些不解地问道。

"你就是我人生的一道光,我太想守护你了,却没想到中途失去了你,有些事情我也是迫不得已的。刚才我一直在回想我们过去的样子。我给你看张照片吧,或许你可以想起些事情。"他从手机里找出来一张照片给我看。

照片里是我和他,听他说这是我们唯一的合照,是我们第一次秋游时照的。我们都戴着帽子,穿着情侣服,很开心地笑着。

"要说我们的第一次相遇……我还是记忆犹新的。

"那天,我们学校停电了,大家都不得不跑去学校外面的小卖部买手电筒和蜡烛。

"我记得那个时候的你穿了一件粉色的外套,和我今天穿的颜色差不多。你很喜欢粉色。当时你想买四个手电筒,可老板见后面排队的人比较多,所以不想卖给你那么多。但你说你可以出高价买,老板便有些心动了,排在你后面的我便主动上前拍了拍你的后背,对你说:'美女,你能不能给我留一个?我们也需要手电筒。'

"你看了看我,于是点了点头,紧接着对老板说:'老板,我多给你100块钱,你就给我四个吧。'当时我很是纳闷,你明明点头答应我了,怎么还是要了四个。结果就在老板递给你后,你便转过身来递给了我两个,这让我很是惊讶。

"'谢谢你了,同学,我把钱给你吧。'

"'没事,不要了,没多少钱。'你摆了摆手,打算转身离开了。

"我连忙跟了上去,你见我跟着你有些不解地问:'同学,你跟着我干什么?'

"我有些不好意思了,随便找了个借口:'路黑,我送你回宿舍,谢谢你的手电筒。'"

"然后呢?"我听得有些入迷。

"我们先吃饭吧,一会儿凉了,等下继续和你讲我们之前的事情,有很多美好又快乐的回忆呢。"黎俊贺耐心地把叉子和刀递给我,"如果你需要的话,我可以帮你切牛排。"

"不用了,我自己可以的。"

"以前你的牛排是我帮你切的,番茄酱是我来倒的,吸管也是我帮你插的。你还记得吗?我就是你的小跟班。"他突然抬头说道,然后眯起眼睛冲我笑笑。

"我……我这么巨婴的吗?"我实在是找不到什么好词来形容自己了。

"不,不,不是,是我自愿的,毕竟你曾经对我也很好……很好,我的衣服、鞋子,甚至连袜子,基本上都是你给我买的。"他对我解释道,"这些都是我应该做的,我并没有觉得有什么不妥,何况我真的很爱你,很爱很爱,我无法忍受自己的生命里没有你。"

"谢谢你……"我不知道该说点什么,也无法表达自己的感谢,只好低着头专心吃饭。

手机铃声打破了我们之间的沉默,"秋妤,你什么时候回家呀?"

"我马上就回去了,妈妈,我刚去了趟学校打听了些事情。怎么了?有事儿吗?"

"没什么事儿,回来再说吧,路上小心些,我在家等你。"

"是你妈妈打来的?"黎俊贺好奇地问我。

"是啊。"停顿片刻,我再次说,"我想问你个问题。"

"问吧。"黎俊贺用叉子插了一块牛排塞进了嘴里。

"你见过我妈妈吗?"

"我没有见过她,你很少和我提你家里人的事情,你爸爸不太喜欢我,所以我们在一起也总是回避这个话题,稍不留神就会因为这个而吵架。"

"是吗?"不知为何,我对妈妈总有一种陌生感,我觉得这不仅仅是因为我失忆,而且我总能感觉到她对我有些"客气"……我知道我不应该对她有所怀疑,但刚刚失忆的我对这个世界充满了陌生和防备。

"你刚才说我爸爸不喜欢你,是怎么回事?"

"我们在一起半年以后,你想带我去见你爸爸,但是被你爸爸拒绝了。那天你眼睛哭得跟核桃似的。你说你爸爸调查了我家的背景,说我配不上你,让我们分手,你死活不愿意,然后和他大吵了一架。因为这件事情,你好像一个月都没理你爸。你爸还让司机来学校接你好几回,但都被你赶走了。"

"是吗……曾经的我这么任性吗?"我小声说着,心里十分愧疚。

虽然对于爸爸的印象有些模糊了,但听到他这么关心我还是很感动。

"是啊,但是他不让我们在一起,我确实一直耿耿于怀,虽然我家条件不好,但是我对你是真心的……"

"嗯,谢谢你告诉我这些。"

回到家后,妈妈正坐在沙发上等我,能明显看出她有些焦躁与不安。

"回来了呀,秋好?"她轻轻地问我,然后示意我也去沙发上坐。

"怎么了妈妈?你好像有什么话要跟我说的。"我有些好奇地问道。

"妈妈其实是想要问问你,你最近想起来些什么了吗?"

"嗯,想起来一些片段,多数都是刚刚入学的场景,还有爸爸……"我对妈妈说。

"爸爸?你想起你爸爸了?"妈妈似乎对爸爸的事情还是很上心的,一提到他多少有些情绪激动,"那你想起你爸爸给你留的箱子的密码没有?"

"还没有。"我一直对这个箱子很好奇,试了很多次,但是一直都打不开,"那我们找个开锁公司试试看呢?万一能行。"

"我之前也找人试过,他们都说不行。这个箱子是加密的,如果强行打开,里面的东西可能会自动损毁。之前你爸爸也提醒过我,这个箱子只能由你来打开。"

"那好吧。"

"嗯,我们慢慢来。对了,我给你介绍的那位心理医生怎么样?"

"方医生确实很专业,今天和我说了很多话,我都觉得很安心,甚至是找到了人生该有的方向,相信很快我就能恢复记忆了。"

"那就好……他确实是个好人。如果有时间,你可以多和他聊聊天,吃吃饭,或许对你的帮助会更大一些。时间不早了,你明天还要上班,早点休息吧。"

我正准备去洗澡,妈妈又突然叫住我:"秋妤……"

"怎么了妈妈?是不是还有别的事儿呀?"我感觉她欲言又止。

"没有了,没有了……我就是想问问你,你和黎俊贺的关系现在怎么样了?"

"还好吧。不过他对我挺好的,帮了我很多忙,还请我吃饭呢。"

"是吗?不过秋妤,你听妈妈一句话,男人啊,都不是女人最后的归宿和出路。我以前也以为我能依靠你爸爸一辈子,后来还不是只剩下我和你了。"

妈妈的这句话,似乎有些怨气。或许,她对他也有所怨恨吧,只是不便告诉我而已。

我洗完澡,躺在床上翻来覆去睡不着觉。

我闭上了眼睛,回忆再次涌现……

……

新都大学的第一堂课,我坐在苏梦琪的边上,她还给我带了早餐。

"秋妤,你说……咱们能不能一直都形影不离的呀。"

"当然可以啊,你好好上课,我们会一直在一起的。"

"对了,秋妤。你有喜欢的男孩子吗?"她对我说,"我以前喜欢一个男孩子,可他好像觉得我胖……跟我挺疏远的,不过我听说他也考上了这所大学,不知道他是不是还和以前一样帅气?"她自顾自说着,眼里放着光,好像很期待见到他,"如果还能遇见他，我想我会追他的！"

"喜欢过呀，但是现在都不联系了。"

"男生应该都喜欢你这样的，不仅身材好，人漂亮，家里还有钱……希望那个男生还会记得我，记得我是谁……"

……

不知不觉中我就睡着了，我在梦中隐隐约约看到一个影子。虽然那个影子黑漆漆的，但是却散发着光芒，那似乎是个男人的身影，年纪有些偏大。他慢慢地停了下来，想对我说些什么，却一直背对着我，不愿意转过身来让我看看他。这种感觉好熟悉，是很亲切的感觉，我想他一定在我身边一直默默地守护着我吧。

第二天一早我的闹铃就响了，我准点起床。洗漱完后，我左照照镜子，右照照镜子，看了很久。妈妈端着牛奶和面包从厨房走了出来，对我说："宝贝，别臭美了，赶紧吃完早餐去上班吧，迟到了可不好啊。"

"嗯好的，我就是看看自己曾经的那股傲气还在不在了。"就算我现在一无所有，我还是要骄傲地活着，我不能向命运妥协，我要做打不死的"小强"。

"你依旧是妈妈的小公主啊！再过两个月你就该过生日了，你想要什么生日礼物？我先给你准备着。"

"妈妈，我不想过生日……"我突然感觉到恐惧，回想到那一幕幕，我的心就开始颤抖。

"对不起……我不是那个意思，我只是觉得生日该过还是要过的。毕竟你不能这辈子都逃避这个事情……"

"没事，我这辈子都不想再过生日了。"

我准时来到花店后居然看到了一个熟悉的面孔——苏梦琪？！

她为什么又出现了？这……这怎么会？她明明在监狱里服刑啊……

"秋妤，你来了。"老板娘看见我，赶忙叫我过去，"你快过来，我来给你介绍一下，这是咱们的新同事——郑凌。"

见我嘴唇紧闭着，脸色惨白，老板娘非常不理解地问道："怎么了，秋妤？有什么问题吗？"

郑凌见状，直冲我走了过来，"秋妤你好，我叫郑凌，第一次见面，请多关照。"她很热情地伸出了手向我问好。

"你确定，我们是第一次见面？"我开始打寒战，鸡皮疙瘩起了一身。我并没有理会她伸来的手……

"是啊，我们是第一次见面，到底怎么了呢？我感觉你很害怕我的样子。"这个叫郑凌的女生很不解地看着我，"我们是不是有什么误会呢？"

"没……没什么。"我突然回过神来，觉得有些不可思议，"可能是我想多了，你和我之前的朋友长得很像。不，应该说，你们简直就是一个模子刻的！"

我努力回想着，不知是忘了苏梦琪有双胞胎姐妹的事实，还是她压根就没有告诉过我。

"这是真的吗？这个世界的巧合这么多！"她冲我友善地笑了笑，"以后我就是你的同事啦，请多关照，希望我们能做很好的朋友！"

"嗯……不必了……我来工作不是来交朋友的。"我对她很直接地拒绝道，尽量和她保持距离。我没再敢看她的脸，我很害怕自己再次被这张脸伤害。

一整天我都有些心不在焉,很多次都被玫瑰花的刺扎伤了。

"啊!"鲜血立马溢了出来,我本能地把手指头塞到了嘴里。

郑凌听到动静,很快又给我递来了创可贴,还很关心地说:"秋妤,你今天有些不在状态,从早上开始就这样了,难道是因为我吗?要不要回家休息一段时间?"

"没什么事情,不是因为你。"我本来想拒绝她的好意,但是看她满眼关心的样子好像不是装出来的,便没有拒绝。

其实从早上见到郑凌开始,我的脑海里就有一个声音告诉我,赶紧辞职,一定要逃离这里。我不想那样的事情发生第二次,也不想再躺五年。

但是当她一次又一次地主动关心我,所以我暂时放弃了这个念头。毕竟我没有学历,再找工作也不容易。

"你好像很讨厌我,或者是很害怕。"郑凌打开了创可贴,帮我贴上,"如果有什么事情你可以告诉我吗?我想我可以解释。"

"你……今年几岁了?"

"我啊,我今年25岁了。"

我的心又颤抖了一下,怎么会有这么巧的事情。

"那你呢?"她也很好奇地问道。

"我今年也是25岁……"店里除了我和她,空无一人,我突然感觉灯光开始摇晃,这一切都开始变得有些灰暗,不知道是不是我的错觉,此刻我只想逃离这个地方……

"我,我还有事情……要么你帮店里打烊吧,我先走了。"我赶紧收拾了一下自己的东西,拎着包便逃离了花店,剩下郑凌站在原地有些不知所措的样子。

我跑了很久很久,感觉自己都快跑岔气了,才敢转身回头看看,还好郑凌没有跟上来,我终于松了口气。

我没有马上回家,而是赶紧给妈妈告诉我的之前负责我这案子的尹警官打电话,对他气喘吁吁地问道:"警官,警官,你确定苏梦琪还在监狱里吗?"

"怎么了?冷秋妤,你遇到什么事情了吗?苏梦琪在服刑呢,我非常确定。"

"怎么会……怎么会?那她是不是有双胞胎姐妹?"

"据我了解是没有的。她家里的成员很简单,现在只有妈妈还在,父亲也已经去世了,并没有兄弟姐妹。"

尽管得到了还算满意的答案,但我依旧控制不住恐惧的心理,甚至感觉撕心裂肺,放声痛哭出来,直至有人在背后拍了拍我。

"秋妤,你怎么了?为什么蹲在这里?"那个人轻声对我说,声音很是熟悉。

我回过头发现是方承景。

"我……"我马上慌乱地擦了下眼角的泪珠,故作镇定,"没什么,我散散步而已……心情不好……嗯,没什么大问题。"

"我是心理医生,你觉得你能骗得了我吗?你说这些话的时候眼神飘忽,明显就是编了一个理由,你快告诉我,谁欺负你了?刚哭过了?"他抓住了我的肩膀,根本不相信我说的话,奇怪的是,我发现他的神情很是紧张。

"没什么……真的没什么。"我躲开了他本想擦拭我眼泪的手,"谢谢你的关心,我现在只想一个人静一静。"于是便转过身打算离开。

我故意回避着方承景,我害怕自己的痛苦完全被他看穿,此刻的我依旧在故作坚强。

"好吧,秋妤。既然你不说,我也不逼你了,别忘了下次准时来诊所。"他对我说,我背对着他点了点头,然后迅速逃离了现场。

"妈妈。"回家后妈妈正在厨房做饭,我犹豫了一会儿,还是鼓起勇气对她说,"妈妈,我能不能……我能不能不去花店了。"

"怎么了宝贝?发生了什么事情?头发怎么都乱了?"听见我的话后,她立马把火关上,然后从厨房里走了出来,"遇到什么问题了?你和我详细说说,我看看有什么可以帮你解决的。"

"我看到了一个和苏梦琪长得一模一样的人……真的是一模一样。"我一五一十地对妈妈说。

"这怎么可能?"她也很是惊讶。

"那……那你说,她会不会是苏梦琪的双胞胎姐妹?"我浑身冒汗,恐惧至极。

"我明天去问问花店老板娘,问清楚这个人的来历,如果只是长得像,可能就真的是巧合。"妈妈摸了摸我的头,抱紧了我,"你别怕,我亲爱的宝贝,有些事情已经过去了,不会再有人来伤害你了,你放心吧……"

在妈妈的安慰下,我逐渐安下心,但眼睛再次湿润了,"谢谢妈妈……还好有你一直陪着我……等着我……安慰着我……"

等我情绪稳定了下来,妈妈才把饭端上了桌。

此时我才注意到一直在响的手机。

"黎俊贺……到底怎么了嘛?"

"秋妤,你做什么呢?我给你打电话都不接,发短信也不回,你没事吧？是不是我做错什么了？你生气了？"

"没……没什么，我刚才在忙，现在才刚得空。"我连忙解释道，但或许谎言太过劣质被他一下子就识破了。

"我怎么听你的声音不太开心呢？你要是有什么事情一定要第一时间告诉我，我会赶过去帮你解决，谁都别想欺负你。"

"好……你放心，我真的没事。"对于他的关心我很感动，"咱们见面再具体说吧，有些事情一两句话说不明白。"

他对我的关心这些年从未停息过……或许，我应该给他感情方面的回应？

"是黎俊贺那个小子打来的电话？"妈妈等我挂了电话后问道，"没想到他还挺坚持不懈的。之前你爸爸还是挺反对你们在一起的，我也觉得有几分道理，毕竟门不当户不对的，三观肯定不一致，是无法交流和迁就的。"

"妈，咱们家都没落了，怎么还提那些呢？"

"算了，我知道你不爱听，有些事情就顺其自然吧……我相信你总会理解我们的。"

吃完饭妈妈就叫我早点休息，我有些犹豫地点了点头。

见状，妈妈对我说："宝贝，你还有什么话没说？我看你欲言又止的。"

"明天我不想去上班……妈妈，我害怕……"我一下扑到了妈妈的怀里，眼泪又开始止不住地往下流。

"明天我陪你去看看，见见那个郑凌，看看她到底是何方神圣。宝贝，妈妈一定会保护你的，所以放心吧。现在的你快睡觉去，别想那么多了，一切都会好起来的。"

晚上我翻来覆去怎么都睡不着觉，脑子里一直在转着"苏梦琪"。一直等到天亮才稍微有些困意。

第二天妈妈如约陪我去了花店。

"是她吗？"妈妈指着郑凌询问我。

"对。"

妈妈走上前去，对她说："您好，我是秋妤的妈妈，您是叫郑凌对吧？"

"是的是的。"

"请问您认识苏梦琪吗？"

"苏梦琪？……我不认识。"她直接摇了摇头，"原来秋妤很害怕我是因为……"

"之前她因为苏梦琪受到了很严重的伤害，而你长得跟她简直一模一样。"

"我真的不是她，也和她没有任何关系，您放心吧，我不会伤害秋妤的。"郑凌对妈妈保证道。

妈妈转而走向老板娘，两人说了几句话后，妈妈再次走到我身边，对我轻声说："秋妤，你也听到了吧，我觉得她说的是真的。你先放宽心，这真的只是个巧合而已。刚才我也去问了老板娘，她说这个人是她亲戚的孩子，她认识郑凌的父亲，还在世呢，和苏梦琪一点关系都没有。"

"可是……可是……"我总感觉有阴影笼罩着我，让我透不过气来，十分窒息。

"秋妤……花店工作也不好找，好歹也有五险一金，我还认识老板娘，她可以多照顾你，不让你受委屈，你觉得呢？"妈妈继续对我规劝道。

"好吧……"我只好点点头，硬着头皮去工作了，毕竟家里

| 第五章 继 |

现在没有钱,还要等着我补贴家用呢。

中午的时候,郑凌还特意给我买了午饭。

"我……我不饿,真的。"

"这家餐厅的宫保鸡丁真的很好吃,你尝尝。你要是害怕我下毒,我就先吃一口,你再吃。"她依旧很热情,然后打开了为我准备的饭盒,随便夹了一口吃掉了,"你看,真的没事,真的很好吃,你相信我!"

"不……我没有那个意思。"我赶忙摇摇头,否认道。

盛情难却,最终我还是接受了她的好意。

"郑凌,你为什么要对我这么热情?我们之前并不认识啊。"我很疑惑地对她问道。

"我就是觉得我们很投缘,而且我觉得你长得很好看。"她这样解释道,"不过我知道,你之前受到过伤害,所以才对我这么防备,我不介意。如果你需要帮助,尽管告诉我,我想和你做朋友。"

"我……我不需要朋友,我自己一个人就可以。"

"你放心,我会证明我是真心想交你这个朋友的。"她对我斩钉截铁地说道。

我如约来到了方承景医生这里。

他第一句话便问我:"秋好,我那天在路上碰见你,到底发生什么了?我看你很痛苦的样子,现在你整理好情绪了,是不是可以告诉我了呢?"

"我……"

"有什么难言之隐吗?其实你可以信任我,你要知道,我是不会伤害你的,我也愿意和你分享你的经历和你此时的想法。"他非常关切地说。

"我现在身边有一个和苏梦琪长得一模一样的女人,是我的同事郑凌,而且她并不是苏梦琪的姐妹……"

"竟然有这么巧的事情。"

"是啊,那天是郑凌第一天入职,我一时没控制好自己的情绪。"

"既然如此,那你接下来还打算继续在花店工作吗?"方承景问道。

"我确实是想要逃离那里的,但是这个工作对于现在的我来说也挺重要的。"

"好吧,那你还是要警惕那个人,保护好自己。如果你遇到问题,随时和我联系,我会第一时间赶过去帮助你。"

现在的我,其实根本分不清这些陌生人说的是真是假,是敷衍还是真心。

"我知道你不相信我真的能够帮助你。但我相信,不久以后,在我的帮助下,你还是会相信这个世界是美好的。一切都会好起来的。有句英语是这么说的:'It only stops you from enjoying the good.'意思是说担心并不能阻止坏事情发生,只会耽误你享受美好。"

"谢谢你方医生。"

我躺在了椅子上,闭上了眼睛。他又开始给我放一些催眠的音乐并说一些话语。

我整个人放松下来,慢慢进入无意识的状态,我仿佛看见了一个人走到了我的身边,那个人正是黎俊贺。

"秋妤，你看到什么了？"方承景的声音再次唤醒了我。

"呃……我……我看到黎俊贺了。就是我答应他正式交往的那一天，他很兴奋，我能看到他眼神中的热情，但是我害怕别的女生会嫉妒我，因为他长得还挺帅的。"我一五一十地回答道。回忆起那段时光，我依旧能感觉到浪漫与心动。

"这两次我为你诊疗，听到的都是关于你大学的人际关系，相信他们对你很重要。"方承景挑了挑眉，用他冷峻的脸盯着我看。

"方医生，您这样看我，就好像是 X 光扫描一样。"我有些撒娇般地回应道。

"这是我的职业病，不好意思，你以后叫我承景就好了。"

"好的。承、承景医生……你觉得我能想起全部来吗？"

"我相信会的。"话音刚落，方承景的电话响了起来。

"抱歉，我今天忘记调静音了。"他拿起手机，只是简单看了一下，紧接着便挂掉了。

我看到来电显示的是一个女人的头像。

"没事，要么您先忙，我打算去找之前的一个同学了，就是上次在您这里回忆起来的那个女生——白紫曦。"

"好的，如果遇到了什么突发事件记得给我打电话。"

"谢谢你，承景医生。"

如果生活与你想象的事与愿违的时候，你是选择一了百了，还是勇敢振作起来战胜一切呢？

第六章　寻

　　我向花店老板娘请了三天假,决定去找白紫曦。因为老师给我留的电话并不能直接联系到她本人,所以我打算去她老家看看,希望可以当面问清楚一些事情。

　　一路上的风景很不错,此刻的我觉得自己是坦然且淡定的,似乎没有什么牵挂了,也不用再为寻找某些隐藏的秘密而烦恼。

　　就当我打算吃盒泡面的时候,突然看到了黎俊贺的脸,他就坐在我的对面。

　　"秋妤,你要去运都城,为什么不跟我说一声呢?我可以保护你的安全。"

　　"这都能被你猜到……你可真是我肚子里的蛔虫。"我又小声嘟囔了一句,我就不该告诉他我要去找白紫曦的事情,片刻都不让我清净。

　　"是啊,我不能再放你一个人了,我要保护好你,我不管你爱不爱我,愿不愿意接受我,我都不能重蹈覆辙。"

　　"好吧好吧……那我是不是该说声谢谢你呢……"我虽然嘴

上说嫌弃,但是心里多多少少也有些感动,毕竟我又不是石头,人也非草木,孰能无情呢?

"那你觉得你能帮我什么?"

"好歹我可以请你吃饭啊,你想吃什么就和我说,我一定让你吃得饱睡得好!"他说了一个无法让我拒绝的理由,"秋妤,我为了你可跟公司请了年假的,你就让我跟你去吧。"

彼时我的肚子不争气地叫了一下,黎俊贺也听见了,冲我笑笑,然后像是变魔术一样从包里掏出来了面包和巧克力,以及我最爱的酸奶递给我,"我还害怕赶不上班次,所以先打车到了下一站然后再上火车,还好你在。我知道你不愿意我跟着你,但是我就是想保护你、守护你。"

其实他陪着我,我也安心一些,也便没有拒绝的必要了。

大概坐了五六个小时的火车,我们终于到达了白紫曦的老家——运都城。

这个城市是远近闻名的古都,有很多景点可以去参观。但是我的首要任务是找到白紫曦。

下了火车后,我们就直接打车前往白紫曦的家,到时已经是黄昏时刻了。

我拿着老师给我的信息,挨家挨户地找门牌号,终于找到了白紫曦家。

白紫曦住的地方类似一个小四合院,有一种古色古香的气息,这里的人也喜欢养一些花啊草啊之类的。

"俊贺,应该就是这里了。"

"我敲门试试看。"

院里的人听到敲门声,帮我们开了门。

"你们两位找谁啊?"一个大爷探出了头,有些疑惑地看着我们。

"您好……我们找白紫曦。"我和黎俊贺异口同声地说。

"找紫曦啊?请问你们是谁啊?看样子……不像是本地人呢。"大爷看了看我们,有些疑惑地问道。

"我们是紫曦的大学同学,正好路过这,想来叙叙旧,她现在在家里吗?"

"这样啊,紫曦还没下班,这天色也不早了,不如你们先进来等她吧。"这个大爷听到我们是白紫曦的朋友,很亲切地请我们进去。

"谢谢您啊!"我们连忙道谢。

"不用客气,我是白紫曦的大舅舅,我们一家人都住在这个院里,虽然有点乱,但是是一个冬暖夏凉的好地方。"他热情地和我们介绍道,"这都六点多了吧,我们也马上开饭了,要是你们不嫌弃,可以一起吃个饭。"

我看了看黎俊贺,黎俊贺冲我点点头,最终我们俩愉快地决定接受邀请。

"大舅舅,我想问您一下,白紫曦毕业后就一直待在这里吗?"

"是啊,她毕业就回来了,小姑娘家在外面闯荡不合适啊,大城市哪有我们这个小地方好,东西便宜,还不用租房……她现在工作也挺稳定的,就在这附近的银行上班。"

"原来如此。真的太麻烦您了。"还好我这次没白跑一趟,终于找到了白紫曦。

他们这里的人喜欢吃大桌饭,就是一大家人在一起吃。我和黎俊贺也确实是饿了，便狼吞虎咽地吃了起来。

"你们慢点吃啊，我们这里的东西新鲜又干净，价格也便宜，还有很多呢，你们随便吃！"白紫曦的妈妈对我们亲切地说。

吃完饭后我们又等了一会儿，直到八点多还没见到白紫曦的身影，我着急道："大舅舅啊，紫曦怎么还不回来呢？"

"是啊，这天儿都黑了，也真是奇怪呢。我给她打个电话吧，看看怎么回事。"

大舅舅拨通了电话，但是半天也没人接。

"咦，奇怪了，怎么不接电话？不会遇到什么事情了吧？也不应该啊……"

"舅舅，您给我们个地址吧，我们去找找她。"黎俊贺对舅舅建议道。

"也好，那你们骑着我的自行车去，这样还能快一点。"大舅舅给了我们地址后连忙说道。

"没想到你还会骑自行车呢！"

"我的小公主啊，我什么不会？你太小瞧我了！"我紧紧地抱紧了他。隐隐约约还是可以闻到他身上淡淡的栀子花的味道。这样的味道，好像在梦中也很清晰。

刚骑了不到五分钟，我们就听到不远处传来尖叫和打架的声音，且看到一个穿着白色衣服的姑娘正坐在地上，旁边有几个小混混似的男人在叫嚣着。

女孩捂着脸，似乎很痛苦的样子。

"黎……黎俊贺！你看看，那个人……那个人是不是白紫曦？"我抓紧黎俊贺的衣角，指了指那个穿着白色衣服的女生。虽然我没有看清那个女孩的面貌，但是直觉告诉我她就是。

"好像是，咱们赶紧过去看看是怎么回事吧。"

只听小混混说："你别再勾引我们老大了，我们大嫂说了，再见你一次，打你一次。"

"你们在干什么呢？当众欺负一个女孩子吗？"我也不知道自己哪来的勇气，直接冲上前去，并挡在女孩的面前，对那些混混们愤怒地说。

"你……你是谁啊？关你屁事儿？多管闲事！"他们上下打量了一下我，冲我吼道。

"我是她的朋友！你们到底在对我朋友做什么？小心我报警！"我定睛一看，确实是白紫曦。

"你给我滚！"说完，那个小混混就把我推倒在地上了。

"你们真的太过分了。"放好自行车的黎俊贺揪住了那个小混混的领子，对他嘶吼道，"我的女人你也敢碰！"

我呆呆地坐在了地上，突然陷入了某段回忆。

……

"你们到底在说些什么？你们凭什么这么说？"我冲着两个男同学大声吼道。

"怎么不能说？冷秋妤，你睁大眼睛看看，你和什么货色在一起，他也配吗？"那两个男生也不甘示弱，"你说咱们学校的男生那么多，比他家庭好的比比皆是，不就有个好看的皮囊吗？到底有什么用？我不好吗？"

"我知道你喜欢我家秋妤很久了，是你嫉妒对不对！但是你想要癞蛤蟆吃天鹅肉真是还差点意思！"黎俊贺不知从哪里出来的，对他们愤愤地说道。

"哈哈，那你就不是癞蛤蟆了吗？你觉得你穿个LV的衣服就能变成王子了吗？你还是那个土包子！你不过就是傍了个富婆，一点尊严都没有！'舔狗'这个词你知道吗？形容你黎俊贺再适合不过了！"

黎俊贺十分愤怒，一拳打到了他的脸上。

我害怕事态变得更严重，赶紧上前阻拦，但是并没有什么用，依然被推倒在了地上。

……

"秋好，秋好，你没事吧？"有个声音一直在呼唤我，把我从回忆里拉了回来。

我摸了摸屁股，只感觉到酸疼，紧接着被白紫曦从地上拉了起来。然后就看见黎俊贺和那些小混混厮打起来，没一会儿他们就跑了。

俗话说得好，打架软的怕硬的，硬的怕愣的，愣的怕不要命的。黎俊贺大概就是那种不要命的类型。

"你们没事吧？"满头大汗的黎俊贺也稍微受了点伤，但还好不太严重。

"没事……没事。"我才缓过神来，刚弄清楚刚刚发生的事情。"我终于知道那天在学校碰见的男人是谁了——就是之前追求过我的学弟曾鑫。"怪不得他看见我，眼神复杂，却不敢相认。

"好小子，原来是他啊！别让我再见到他……"现在的他想起那个人还是有些愤愤不平的样子。

"你们……怎么来这里了？"白紫曦的表情充满了惊讶与不安，似乎对我们的出现很是意外。

"咱们先回去吧，换个地方说。"我害怕那些小混混再过来找事儿，决定先转移阵地。

"好。"就这样,黎俊贺推着自行车,我们三个人一瘸一拐地走了回去。

回到白紫曦的家里,她的舅舅看见带伤的黎俊贺很是不解,"你们刚才打架了吗?到底发生了什么?"

"没……没什么。"白紫曦支支吾吾地解释道,"路上有点事儿耽搁了,他是因为自行车不太会骑,摔倒了。"

"你别骗我了,我又不傻……如果只是这样,你的这位同学怎么会也受伤了啊?"

"舅舅,我们也是没看见前面有块大石头……所以就……就受伤了。"我们猜到了白紫曦或许有什么难言之隐,所以也帮她打掩护,不想让她的家里人继续追问下去了。

舅舅见状只好作罢,并不打算继续追究了,"算了,那你们赶紧洗个澡吧,今天就在这里先住下,我这里也有药,一会儿包扎一下。"舅舅拿来了一堆药递给我们,嘴里却嘟囔着,"紫曦做事一向小心谨慎……真不知道今天是怎么了……"

"好了,舅舅,真的没事。"白紫曦转过头来对黎俊贺说:"你先去洗澡吧,等出来让秋好帮你涂点药就好了。"

"好,那你们先聊着。"黎俊贺点了点头,很识趣地去洗澡了。

"说吧,你们来找我有什么事?"白紫曦的态度很是冷淡。

"我……"

"你就开门见山地说吧,谢谢你们今天救了我,我一定知无不言,如果有能帮你的地方我一定会帮你,我不喜欢欠别人人情。"

"好,那我说了。我就是想知道,苏梦琪为什么要伤害我?"

她听到这个话,先是一愣,然后也大概了解我此次前来的目的了,于是想了想对我说:"你为什么突然会来问这个呢?你不知道为什么吗?"

"我真的不知道。我昏迷的这些日子里做了很多很多的梦,但是没有一个梦能让我找到现实的方向。如今我醒了,但是有些记忆已经不见了,我也找了心理医生在慢慢恢复。你是当事人,我希望你能够给我提供一些有用的信息,我不想就这样不明不白地过去。"我很坦诚地对白紫曦说道,并握住了她的手,好像抓住了最后一根救命稻草,"我知道,以前咱们的关系也还行,虽然不是最好的,但是在我的印象里你一直都是一个比较真挚的人。"

"其实对于苏梦琪的动机,我大概有些了解,可惜那并不是全部的。上学那会儿,虽然咱们四个住一个宿舍,但你也知道我生来性子凉薄,不喜欢和别人走得太近,对于那些八卦我也懒得听、懒得说,就喜欢自己待着。"

"紫曦,那你就说说你知道的事情,好歹让我心里有个谱。"

"我就说说我记得的事情吧,说完之后你大概就明白了。我记得你和黎俊贺刚在一起的时候,说要请我们三个吃饭。我和吴笑琳都挺开心地去和苏梦琪说这个事儿,苏梦琪只是回应了一句'哦,我知道了'。那天她似乎一直在犹豫要不要去,我能隐隐约约感觉到她的不开心。后来有一次吴笑琳和苏梦琪在宿舍里说悄悄话。她们以为我睡着了,其实我只是在闭目养神而已。苏梦琪说她喜欢一个人很久了,但不敢追,而吴梦琳则鼓励她勇敢去追。当时我隐隐约约觉得她喜欢的应该是你男朋友。这之后大概两三个月,有一次我借机问苏梦琪是不是喜欢你男朋友。她明显被吓到了,且连忙小声说:'不是啊,你从哪里听到的,我怎么可能喜欢他呢?'后来我也听到了一些无聊的八卦,究竟是真是假我也懒得去想了，毕竟和我也没有什么关系，也可能真的是我想多了。"

"我大概知道了，谢谢你的坦诚相待。"

现在所有的信息，都指向苏梦琪和黎俊贺的关系，但是我还是相信黎俊贺是不知道苏梦琪喜欢他的。

"哦对了，还有一件事情，我不知道你记不记得。"

"你说。"

"就是你被苏梦琪捅伤后的大概两三个月前，苏梦琪的爸爸因为工伤意外昏迷，变成了植物人。你们的关系是从那个时候开始恶化的，但具体是因为什么，我就真的不清楚了。"

我突然抱住了白紫曦，她的坦诚相待令我很是感动，尽管她态度不是很热情，但给了我一种踏实的感觉，而这种感觉对于我来说真是久违了。我轻轻地说了一句"谢谢你"。

"也谢谢你们替我解围了。"她也轻轻地抱住了我。

洗完澡的黎俊贺从房间里走了出来，"小姐俩，聊得怎么样了呀？"

"还挺好的，你过来我给你看看伤口。"我一把把黎俊贺拉了过来，看了看他的脸，还有他的手，"还好，都是皮外伤，我给你擦点药，简单包扎一下就行。"

"没事，这点小伤不用那么麻烦，我澡都洗了，贴个创可贴就得了，没那么娇气。你还记得之前我帮你把那些男的都打跑了吗？我很能打的，你知道的！"说完他立马伸出了拳头，冲我炫耀道。

"行了你，就知道逗能。我坐在地上的时候突然想起来了，之前在学校那次还不是两败俱伤，你一个人怎么可能打得过两个人！"

黎俊贺没想到我居然想起来了，尴尬地摸了摸后脑勺，不好意思地说："呃……秋妤，人家不是想要保护你，不想你再次受到伤害了嘛……"

"你们俩能不能不要在我面前肉麻呀？"白紫曦有点受不了我们俩了，"欺负我没有男朋友是吧？"

"好好好。是我错了，白紫曦小姐姐。"我没想到白紫曦还有些冷幽默呢。

黎俊贺赶紧转移了话题，"那些小混混是怎么回事？为什么欺负你一个女孩子啊！还好我们来了。"

"哎……没什么，也怪我，怪我一时心软。"白紫曦摇了摇头，咬紧了嘴唇。

"到底是为什么呀？你说说，没准我们能帮你解决呢？"我也同意黎俊贺的观点。

"我在银行上班的时候,有个大客户总是来找我买理财产品，久而久之我们就加了微信。我当时只是把他当作客户来看待，但是没想到他居然对我有兴趣，想和我在一起。"

"然后呢？"

"其实我也对他有些好感，甚至可以说是喜欢，所以我们就在一起了，可是后来我发现他竟然有老婆……"说完这些话，白紫曦就哭了出来，我看得出来她非常委屈。

"没事，别哭，这个事儿不怪你，你也是受害者。"我把纸巾递给了她。

"后来我选择和那个男人分手，可是那个男人一直纠缠我，所以才发生了你们今天看到的那一幕。"

"那不如去找他老婆说个明白，表明你的立场。"

"这样……这样真的好吗？可我不敢……我真的不敢，他老婆可凶了。"

"行不行的也得试一试，你也是受害者呀……"

"我先试一试，这样我还能好好地生活，我不想每天被别人骚扰，现在都没有心情工作了，就怕他老婆来找我的事情。"

"没事的，你还有我们，实在不行你可以跟我们回北都。"

"谢谢你们，我相信一切都会好起来的！"她点了点头，我从她眼睛里看到了光芒与渴望。

人啊，只要紧握住黑暗中的希望，冲破黑暗，才能走出迷茫。我们渴望的都只是那一束希望的光芒而已。

我们打算在离开运都城之前逛一逛，而白紫曦由于有工作在身，我们便提前与她告了别。

我紧握着白紫曦的手，有些恋恋不舍。

"对了，最近苏梦琪有和你联系吗？"这是我最想知道的事情。

"她怎么可能跟我联系。她不是在监狱里呢吗？我已经很久没有她的消息了。不过说实话，当时她那么做真是把我吓坏了……我就亲眼看见你倒在血泊中缓缓地闭上了眼睛，我冲上去想要救你，却被吴笑琳抱住了，她死活不让我过去……我想她也不是恶意的，只是害怕我也被伤害吧？"

"是吗？"我在闭上眼睛之前隐隐约约地看见白紫曦那惶恐的眼神，而吴笑琳很是淡定。

"我想吴笑琳也只是害怕苏梦琪会不管不顾地也这么对我……对不起秋妤……如果那天我稍微勇敢一些，可能你也不会被伤得那么重了。当时我很害怕你就这样离开我们了,还好你福大命大。"

"一切都过去了。"我一直也在告诉自己要释怀曾经的一些伤痛,我也知道很多事情不像是那样简单,如果人一直都活在仇恨和过去里,那才是真正的无可救药了,而我想知道真相只是想活得明明白白,并不是想要报复某些人。

"秋好,你为什么突然又问苏梦琪的事情?"白紫曦不解地问,"我相信你是勇敢且坚强的,这一切都会过去的,你不要再想过去的事情了。"

"因为我遇到了一个和苏梦琪长得很像的女孩子,我总感觉哪里怪怪的。"

"其实长得像的人很多,也许只是巧合。"

"嗯,周围的人也是这样劝我的。"

"好的,那我就送到这里了,我们随时联系。"白紫曦和我们摆摆手告别。

我们走到了石桥上,回头看向白紫曦。此刻的我还是有些恋恋不舍。黎俊贺似乎也察觉出了我的心思,说:"秋好,我知道白紫曦是个好人,以后等她有空了,你们可以再聚。"

"希望还有机会吧。"我喃喃自语道,然后转头看向黎俊贺,"对了,白紫曦和我说,苏梦琪的爸爸也出了意外,你知道这个事情的来龙去脉吗?"

"这个事情我大概知道一些,那个时候她要给她父亲治病,所以四处借钱,不仅管我借过,肯定也管你借过。但是你给没给我就不太清楚了,毕竟那个时候你家里的经济也出了些状况。"

"这样啊,还有别的吗?"

第六章 寻

"其他的没有了。因为我那个时候没有钱可以帮助她,也不敢细问这个事情。"

"好吧。看来我只能再问问其他人了。"

"你也别有太多压力了,咱们既然出来玩了,就要好好放松一下心情。我刚刚查了一下攻略,这里有个山不错,我们现在打车过去吧,不过就是远点,需要大概两个小时。"

"没事的。"

路上我有些犯困,主要是因为昨晚黎俊贺一直在打呼噜我没睡好。我睡着了,再醒来的时候发现自己靠在了黎俊贺的肩膀上,口水都快流到人家衣服上了。

我慌忙地抬起头,擦了擦口水,黎俊贺见状,笑道:"你呀你,还是改不了睡觉流口水的毛病,给你个纸巾赶紧擦擦,以前就这样,跟个小猫似的……不过你睡着的样子比不睡觉的时候可爱,还挺温柔的。"

"什么意思呀?你是觉得我不够温柔吗?"我接过他手里的纸巾。

"也不是,就是发脾气的时候不太温柔而已……"

"那不是废话嘛,谁发脾气的时候温柔呢?"我不满地噘了噘嘴,但是心里有种恋爱般的感觉。

"是是是,千错万错都是我的错,我们秋好大小姐是不会做错事情的,麻烦您宽容大量原谅我一下呗?"

"这还差不多……就你话多……"我握紧小拳头一拳打到黎俊贺的胸口上,"让你尝尝我小拳头的厉害。"

"哈哈,好疼……"他装作被我打疼了的样子,做出求饶的样子,"好了,马上就到了,你睡了一路,准备一下咱们该下车了。"黎俊贺看了看导航对我说。

即使不是节假日,景点的游客还是很多,不过门票倒是稍微便宜一些,尽管如此,一个人也要两百多块钱,当然,这个价格包括了缆车的钱。

我本来想要付钱,但是看了一下卡里的余额,只剩下 500 块钱了……

我咽了下口水,黎俊贺明白了我的难处,立马对我说:"没事的秋好,我来掏这个钱。"

"那……谢谢你!"我也有些不好意思了,我除了买了自己的火车票,这一路上都是黎俊贺在掏钱,"以后等我有钱了,我都会还给你的。"

"不用了秋好,以前你给我买东西从来没管我要过钱,这点小钱没什么的,现在能为你做些什么,我非常开心。"

为了能好好欣赏沿途风景,我们决定爬上山,所以上山前我们找了个牛肉面馆补充能量,老板很热情地接待我们,"小情侣,你们要吃点什么呀?"

"老板,呃……我们……我们不是情侣。"我连忙解释道。

"老板眼睛真毒,这是我女朋友,怎么样,好看吧?"黎俊贺立马把我搂进怀里,拿着菜单就问我:"秋好,你想吃什么?你吃什么我就吃什么。"

"那就吃这个吧。"我没再矫情地否认。

我俩饱餐一顿之后,就决定往山上走,由于我身体恢复得不是太好,所以黎俊贺说:"秋好,我来背你吧。"

"不了,背我多累呀,我还是自己走吧,就是慢一点而已,你别嫌弃我。"

"那没事,我扶着你,要是你累了我就背你上去。听说山上还有个求姻缘的庙,我很想去拜一拜,乞求上天可以让我们一直在一起。"

我回道:"其实你应该有很多桃花吧,干吗非要和我在一起呢?"

"不,她们和你都不一样。我爱你,我忘不掉你。"

"啊!"我突然尖叫了一声,并不是因为听到这句话崴了脚,而是因为身体有点虚,差点没站稳,还好黎俊贺及时拉住了我。

"没事吧秋妤,你是被我说的话吓到了?"他关心地问道。

"没事没事的……就是没站稳而已,可能身体还没有完全恢复。"

"我背你吧。"容不得我拒绝,黎俊贺便把我背了起来。

"谢谢你,现在好受一些了。"我趴在他的背上轻声说。

"那你现在愿意和我在一起了吗?"

"再给我些时间,好吗?"我其实是想回答愿意的,只是碍于过去的事情,多多少少还是无法真正信任他。

"那到了山顶,我一定许愿让你做我女朋友,然后娶你回家,我父母也一直很想见你。"他笃定地说。

我的心里感觉甜甜的,如果这就是宿命,我是想要接受的。

到了山顶,黎俊贺才把我放了下来。虽然黎俊贺背了我一路,但是他身体蛮好的,所以只是流了点汗而已。

"这山上的风景确实是好看啊。"我对着面前的风景感叹道,"有时候矗立在山峰上,确实是能够感受到高处不胜寒。你看,山下的事物都是那么渺小。"

"是啊,所以人生到了一定的高度,心态也会发生改变,似乎身边的人也会逐渐离你而去。"

"那曾经的你,是不是也是这样想的呢?"

"所以你……你到底想说些什么呢?"黎俊贺似乎听懂了我的话。

"没什么,我们进去吧。"

黎俊贺拉着我的手,我并没有反抗,就这样,我们两个走进了寺庙。

我们两个一起许了愿,然后参观了一会儿便离开了,还在门口吃到了很多当地的小吃。我一边吃着,黎俊贺一边给我擦着嘴,宠溺地对我说:"你瞧你,还是个没长大的孩子。"

这一天的游玩虽然很是疲惫,但是也很久没有感觉到这么开心了。黎俊贺似乎觉得我接受了他,所以变得更加主动了。

他会直接搂着我的肩膀,或者是牵我的手,他对我一直很热情也很大方。而我也算是接受了他的追求,因为我感觉我确实是越来越离不开他了。

在回去的火车上,方承景给我打来了电话,"方医生,您是有什么事儿吗?"

"这两天我给你发短信,你怎么都没回呢?我害怕你有什么事情……所以才给你打电话,如果打扰到你了,很抱歉。"

"你给我发短信了吗?抱歉,我没有看见。"我翻了翻手机里的信息,并没有找到他给我发的短信,我十分疑惑,便看了看旁边的黎俊贺。他没有注意到我的眼神,正看着窗外,似乎有些若有所思。

"哦,没关系。这两天感觉怎么样?有没有想起来点什么?"

"嗯嗯,想起来一些了,等我回去和你细说。"

"谁啊？"看到我挂了电话，黎俊贺便转过头来询问。

"哦，没事，我的心理医生。"

"哦，怎么又是他啊！"我能明显感觉到他强烈的占有欲，"他……是不是对你有点意思？"

"你说什么呢黎俊贺，他是我的医生，关心我不是很正常的吗？"我捏了捏他的脸颊，对他开玩笑地说，"再说了，我和他才见过几次面呀，他凭什么喜欢我？人家可是国外留学回来的呢……我可配不上人家。"

"什么话？你凭什么这么说……"黎俊贺宠溺地刮了一下我的鼻子，"在我心里，我的秋妤大小姐配得上这世间的所有。"

我曾经以为最真挚的应该是人心，最纯洁的应该是白色的玫瑰。现在看来，人们往往会为了掩饰自己的虚伪，而把象征纯洁爱情的玫瑰送给将要欺骗的爱人。

第七章　遇

我们回到了北都，开始了和之前一样的生活。

我逐渐接受了现在的一切，包括和苏梦琪长相一样的郑凌，还有自己的男朋友——黎俊贺。虽然我也不能理解自己糊里糊涂就答应成为他女朋友的事实。但令我感动的是，黎俊贺每天按时来接我下班，且换着花样给我带好吃的。

对丁白紫曦讲的苏梦琪爸爸工伤的事情，我觉得很有必要调查一下具体的原因，这或许可以成为这一切的突破口。

我简单做了一下笔记，整理了一下大概的时间轴：苏梦琪的爸爸变成植物人→爸爸的公司破产→我被苏梦琪捅伤昏迷→爸爸意外出车祸→爸爸病逝。

这中间到底有着怎样的关联？

我问了妈妈关于苏梦琪的事情："你知道苏梦琪的爸爸为什么昏迷吗？我听说好像是因为工伤。"

"这件事情啊……你爸爸也没说过，那时候我和你爸爸的关系很冷淡，你也不怎么回家，所以我不太清楚，我建议你可以去问问你爸爸的司机。你们的关系还不错，没准他会知道一些情况。"

"那你还有他的联系方式吗？"

"没有，但是我知道他在哪里工作，你可以去碰碰运气。不过你要知道'树倒猢狲散'这个道理，我不知道他还愿不愿意帮助现在的你。"

我打算立即去找父亲之前的司机——史佳。虽然我对他的印象不是很清晰了，但是记得他的头发有些发白，大概40多岁，平时戴个眼镜，看起来成熟稳重的样子，之前一直是我爸爸很信任的员工之一。为而防止我找错人，妈妈也提前给我看了他的照片。

当黎俊贺知道我要去找史佳的时候，提了反对的意见："秋好，有些事情过去那么久了，没有必要再去调查了，我们也不能改变过去呀？你为什么总要活在过去呢？"

"我要弄清楚过去发生了什么，这样我心里才能踏实一些。我不想每天提心吊胆地活着，因为人生太辛苦了，我只是想用真相换来平静。"

他看到我这么坚持，只能选择妥协，毕竟我冷秋好想做的事情是谁也拦不住的，"那好吧，那你需要我陪你去吗？"

"没事，我自己就够了。我知道你最近也挺忙的，公司又开始开发新项目了，不用在我这里浪费太多的精力。"

史佳目前所在的公司不如我爸爸之前的公司规模大，但其老板之前与爸爸是合伙人，所以他入职更方便一些。

我直奔前台，问道："您好，请问史佳师傅在不在？"

"他今天和领导一起出去了，可能八点多会回来一趟。"

我看了一下时间，正好六点半，我决定在附近吃个饭，等他回来，于是我便在附近找了一家餐厅。

刚点完餐，我便看到了方承景，他的身边还有一个女生。

这个女生个子很高，一看就是个混血儿，而且很有气质。看起来家里很有钱，因为穿着打扮和普通人很不一样。

女生的情绪很是激动，他们好像在讨论什么很重要的事情，但是因为离得有点远，我听得不是很清楚。

不一会儿，那个女生突然很激动地站了起来，对他大声说："我真的想明白了，我不该让方爸爸逼你娶我，现在你都因为躲我而回到了北都……可是我真的很想嫁给你……你能不能不要躲着我了，我到底哪里做得不好？让你不满意？"

方承景还是一贯的冷漠姿态，或者说不是冷漠，只是异常的冷静。他好像对这个女生并不是很在意，自己在若有所思些什么。

我好奇地望着他们，没想到他也看见了我，我们居然对视了……

接下来发生的事情，更让我有些措手不及……甚至我有些后悔来这个餐厅了。

方承景突然站了起来，往我这边走来，然后拉住了我的胳膊就往女生那里走。我低声问他："你到底要做什么啊？请你松开好不好？"

他也低声对我说："不好意思了，请你配合一下，谢谢你了。"

然后便拉着我走到了那个女生的面前，女生一脸惊讶地看着我，"请问这位是？"

接下来方承景说出来的话足够让我俩目瞪口呆……

"这位是我女朋友，她叫冷秋好。"

"不，不，不，我不是……"我连忙摇头，开口否认。

"秋好……麻烦配合点，我需要你的帮助。"他又小声跟我说，眼神里也透露着某种请求。

"你真是……"我咬着嘴唇，也只好就此妥协。

"到底是怎么回事？承景你和我说明白好吗？"这个女生虽然一脸不解，但表现得还算冷静，很认真地质问道，"我不在你身边的这些日子，你喜欢上了别人吗？"

"你没听明白吗，许馨？这是我女朋友，咱们的婚约取消吧，而且我们五年前就已经分手了，我和你说得很明白了。我也和我爸爸说过了，求你别再这么执着了。就算我不喜欢别人……我喜欢的人也不会是你。"

"你……我不相信。"那个叫许馨的姑娘眼泪开始往下流，她摇了摇头，一脸不可置信的模样。或许是觉得气氛太尴尬了，拿着包便离开了餐厅。

我好像听懂什么了，这个女生是方承景的未婚妻。他们有婚约在身，但是方承景单方面不想继续他们的婚约了。

看来之前在诊所里给他打电话的人就是这个女孩子，今天是真的见到了本人。

"方承景？你到底想做什么？我真后悔今天来这家餐厅，咱们根本不熟，你说什么我是你女朋友？"

"你听我解释，秋好。"他拉着我坐了下来，"本来我今天就是想和她撇清楚关系的。我们从下午三点就开始在这家餐厅里谈判了。她无论如何都不肯取消婚约，因为她说她等了我很久很久，她不甘心……我能理解她的想法，可是我从来没有喜欢过她，如果就这样结婚了，对她和我都没有什么好结果。"

"你说她以后不会找我事儿吧?我有点害怕了……"经历了之前的事情,我很害怕再卷入奇怪的事件中,只是想过好下半生而已。

"不会的,你相信我,她从来不会做出格的事情,她只是对这段感情比较执着,但是从五年前开始我就和她一再表示不会结婚,这期间我对她非常冷淡,没想到她还特意买了张机票从英国来找我。"

"好吧,既然如此,你还是要好好和人家说清楚,不要拿我当挡箭牌,搞得我好像你们的第三者一样。"

"我们的感情早就该结束了,只是她不甘心而已。这五年里我没有恋爱过,只是专注于学业,或许她觉得我有一天会把心思放在她身上便一直坚持。如果我不这样,她不会死心的。"

"我看她长得好,也真心喜欢你,难道你真的对她一点感情都没有吗?"

"她很好看,也很孝顺,学历高,也很知书达理,我的爸爸也很喜欢她。我实在找不到她身上的缺点,但是又能怎么样?我心里从未爱过她,我们就像家人一样,从小一起长大。她总是不让我离开她,说如果这样她会变得没有安全感。但是我为了完成师父的遗愿,毅然回国。时间越久,我越发现我们的三观完全不同,仿佛再也不是一路人了。"

"哎,看来人得有距离才会清楚自己需要什么。"

我第一次和方医生吃饭,话题一直围绕着他与许馨,但是可以感受到他对我还是很照顾的,一直给我夹菜,让我多吃一些。

对于他们之间的关系,我作为局外人还是有些许遗憾的,毕竟他们看起来是那么般配,但不爱就是不爱,再怎么挽留都是没用的,施舍来的也不是爱情。可惜这个女孩太过执着,一直没有明白这个道理。

吃完饭,我找了个理由便离开了。

我七点四十到达了公司门口,果然八点多一点一辆黑色的车便开了进来。等车子停下来以后,我便跑了过去,敲了敲车窗。

不出所料,里面的司机正是史佳,而他也如其他人第一次见到醒后的我般惊讶。

"秋妤小姐。"他礼貌地叫了我,我没想到他对我依旧很尊重。

"是我……"

"秋妤,这里不方便说太多,我知道你有很多想问我的,你把你的联系方式留给我,我过两天再找你好吗?"

"叔叔……我……"我有些不愿意,害怕他骗我,只是想办法支开我而已。

"我不会骗你的。叔叔什么时候骗过你?你要相信我。"

"好吧。"我只好把电话留给了他,等着他联系我。

回家后妈妈问我见到史佳叔叔以后,都说了些什么。我只好无奈地对她说:"他说找时间再联系我,其他的什么都没说。"

"看来史佳是个重情义的人!"她突然感叹了这么一句。

"他真的会联系我吗?"

"会的,你相信我。他向来都是言出必行的。"妈妈十分坚定地相信史佳叔叔的为人。

所有的美梦醒后,换来的都是你对我的冷淡,我只能默默承受所有的失落。

第八章　绝

这天我上晚班,晚上八点下班,由我来收尾和负责。但七点半的时候花店突然停电了……外面还打着雷。

本来我胆子就很小,再加上之前因为被伤害心里有了阴影,所以便更加胆怯。我一个人蜷缩在角落里瑟瑟发抖。

我想找出来手机给妈妈或者黎俊贺打电话,却怎么也摸不到。我只能蜷缩在角落,不敢吱声,紧紧地抱紧了自己的脑袋。

突然,有个人拍了我的肩膀一下,我吓得"啊啊"大叫起来。

"秋妤……是我啊……你别怕……你别怕……"

"你,你是……我……我……"我吓得开始结巴,我仿佛再次听到了苏梦琪的声音。

"是我啊……是我啊……"伴随着外面"轰隆隆轰隆隆"的声音,我仿佛隐隐约约地看见站在我面前的女生穿着白色的裙子,头发长长的,蹲在了我的面前,一直在喊我的名字:"秋妤……秋妤……你……还好吗……"

紧接着我便晕了过去。

等我再次醒来的时候,发现四周都是白色的。

此刻的我还是有些迷糊,心脏还在剧烈跳动着,我很明确地感受到了自己的恐惧。

我听到了黎俊贺的声音,"秋妤?秋妤?你终于醒了!真是吓死我了……"

"我……我这是怎么了?"我摸了摸脑袋,感觉有些混混沌沌的,"我好像发烧了……我的头好痛啊……"

"哎,你们花店突然停电了,再加上外面在打雷,你可能因为之前受到的创伤害怕便晕了过去,还好你们同事及时把你送来了医院。"

"我的同事?"

"就是你们那个同事啊……叫什么凌?她确实是很像苏梦琪,我都差点认错人,但是说话声音却不像。咦?刚才她还站在这里呀。"黎俊贺回头看了看,却已经不见郑凌的踪影。

"怎么会这样……"我喃喃自语道,"我看到她想伸手对我做什么来着,就好像之前苏梦琪要杀害我一样……但是为什么又要送我来医院呢?"

"她走之前再三叮嘱我,让我照顾好你。看起来不像是要害你的样子。"黎俊贺对我安慰道,"医生说你有点低烧,虽然各项身体指标正常,但还是需要休息一周,不行就别去上班了吧,我可以养你的……"

"算了吧,你的工资也是有限的,你家里不是还有妈妈吗?我就是想好好活着而已,以前的我还能依靠爸爸,现在的我只想依靠我自己。"我的神情开始有些恍惚了,"你帮我给我妈妈打个电话。"

"你放心,我已经通知她了。没事的秋妤,有我在呢!"他紧紧地握住了我的手,让我感受到了一丝丝的温暖,接着把我的手机递给了我,"对了,我看刚才有个人一直给你打电话,备注名是方承景。"

"哦,那个是我的心理医生。"我赶紧把电话拿了过来,看了一下有十个未接来电,其中有六个都是他的。

"又是他啊,我看他找你还挺勤的。他是不是喜欢你呀?"黎俊贺有些吃醋地对我质疑道,而我选择翻过身去不理他。

"怎么了?你生气了吗?秋妤?我就随便说说……"

"没什么,受不了你的阴阳怪气。既然我们在一起了,你就应该相信我,而不是质疑我。我现在有点累了想早点休息了。"

"没事,我给你老板娘请假了。她说不影响工资,你可以好好休息,她人还是挺好的,也一直问我你的情况。你们店里的电也恢复了,听说是因为下雨才断了电。"

"好好好……我知道了,你让我清静一会儿吧。"黎俊贺的话又多又密,有时候也让我很头疼。

"那我先出去了,你要是有事情随时给我打电话。"

我不相信郑凌会那么巧地出现在花店,所以我对她又产生了怀疑……

过了三天我的精神有些好转了,也不再发烧了,便顺利出了院。

回去上班的第一天,郑凌看到我,很热情地跟我打招呼:"秋妤,你终于回来了,休息好了吗?那天真的吓死我了,我刚走过去就看见你蜷缩在角落里晕倒了,我怎么叫你都不醒,于是我就赶紧叫了120。不过你男朋友好像还挺关心你的,一直在问医生你的情况。"

"我是不是该谢谢你救了我啊。"我冷声回应道。

"不用客气啊,是谁都会这样做的。"她仿佛没听懂我的语气,还笑着回应道。

"你告诉我,你为什么会返回店里啊?我记得那天晚班只有我一个人。"

"因为……"她可能没想到我会突然这么问,所以沉默了一会儿说,"因为我想下来买点吃的,路过咱们花店时,发现里面黑漆漆的,我就过来看看。"

"哦,是吗?"

"当然。"

我没有再聊下去的欲望了,便开始专心工作,下班后直奔方承景的诊所。

从那天开始,我和方承景的关系变得有些奇怪,更准确地说是有些尴尬。我能够理解这个男人对于感情上的逃避,但他的方式不是我欣赏的。

人啊,外表和内心往往是不一样的,我们总是在刻意隐藏自己的弱点,但是总在不经意间流露出来。

"你晚了十分钟。"他看了一眼手表,然后微笑着对我说,"我还以为你不会来了。"

"花店有个客人一直没走,所以耽误了些时间,非常抱歉。"

"那天你没事吧?我给你打了很多电话。那天晚上我在办公室打瞌睡,好像梦到你在叫我,所以才打给你的。"

"没有什么事情，休息几天就好了。"

"那就好，咱们开始吧。"

刚坐好，我的肚子就开始咕噜咕噜叫了起来，我立马捂住了肚子，尴尬极了。

"你饿了？"他盯着我的肚子看。

"嗯……"我尴尬地点点头。

"咱们做完治疗，我请你吃饭，不许拒绝。"这句话像命令一样，我也不好反驳。他虽然话不多，但是我能感受到他对我的热情和一丝丝炙热。

"好吧，正好我也饿了呢。"毕竟我也很感谢他一直不辞辛苦地治疗我，甚至24小时随叫随到。

我还是像之前一样躺在了椅子上，闭上了眼睛。

……

这次，我看见的不再是校园里的情景，而是爸爸。

"秋好，你想起来什么了？"

"我看到爸爸了。我……我有点想他了。"我控制不住自己的泪水。

"冷午英先生对吧？"

"对的，你认识我爸爸？"

"是的。你爸爸是知名商人，又有谁不知道呢？"

"那你们很熟吗？我听你的口气觉得你好像和他认识。"

"你不是饿了吗？我们现在去吃饭吧。"他故意绕开这个话题，不继续和我讨论了。

我没再坚持，便和他去吃饭了。他带我去了一家很高档的法国餐厅。

我们一进去，服务员便热情地帮我脱下外套。

"你是不是和前男友和好了？"他突然问道，表情似乎变得有些凝重，我感觉到了他内心的不悦。

"呃？嗯……"我点了点头。

"看来你还是旧情难忘啊。"他不苟言笑道。

"别说我了，说说你吧。"我有些尴尬地咳嗽了一声，"你最近怎么样？"

"我还是那样，每天照常工作。"接着他拿起水杯，并抿了口水，然后对服务员说："您好，我要喝茶，开车不喝酒。"

"哦哦……"既然他不愿意多与我说，我便找了其他话题，"那给我说说你和你未婚妻的故事好不好？"我认真地望向了他冷峻的脸，十分好奇地问道。

"原来你想知道的是这个，我想想该从哪里说起，这个故事真的太长……太长了……

"许馨爸爸与我爸爸是生意上很好的合作伙伴，我们从小在英国长大。他们的生意从我三四岁开始就越做越好，但是因为一场抢劫夺走了许馨爸爸的生命，她的妈妈改嫁了，她的妈妈是个英国人，对她不是那么上心，所以爸爸为了完成当时对许叔叔的承诺，就一直把许馨带在身边，我们也很心疼她，所以也没有少过她什么。

"我们无话不说，从幼儿园到小学，再到初中，再到大学，我们都是一个学校。我从来没恋爱过，因为有许馨在我的身边，我不敢看别的女生一眼，只要看一眼她就会吃醋。虽然她不一定会说出口，但是我能看出来，毕竟我们是青梅竹马，一眼就知道对方的心思。

"尽管我一直没承认她是我的女朋友,但大家对于我们的关系都是默认的。

"我从未牵过她的手,或者是想要亲吻她。而她则一直默默地跟在我的身后,无论我做什么,她都不离不弃。我发烧的时候,她就默默地在我的床边照顾我,有时候比我妈妈还要关心我的生活起居。

"直到我大学毕业打算考研究生的时候,爸爸说:'你们先把婚订了吧,毕业后便结婚。'那个时候我就问爸爸:'爸爸,我能不能不要和她结婚?我不喜欢她。您知道的,我一直把她当作家人而已。'爸爸却说:'许馨从小很可怜,没有父母照顾她,我们是她唯一的亲人。无论你愿不愿意,我都要给你许叔叔一个交代。'

"我知道爸爸一向都是说一不二的,我也不敢反驳,毕竟我也很在意她,只是我知道我并不爱她。

"就这样,我们订婚了。很多人都来了我们的订婚典礼,有爸爸生意上的伙伴,还有我的朋友,他们都在祝福我,只有我一个人觉得这一切十分讽刺,我喝得烂醉,想要麻痹自己。

"许馨一直在帮我应付那些客人。我很讨厌社交,甚至是有些反感,但是因为我是方志卿的儿子,所以我必须得学会社交。但庆幸的是,那天我碰到了生命中很重要的一个人——我的师父。他是我爸爸的朋友,关系一直很好。他扶住了喝得烂醉的我,并对我说:'小伙子,今天是你大喜的日子,怎么看起来不开心?'

"'嗯,我开心不起来。'我觉得头疼,扶住了脑袋,我们两个人一起坐在了椅子上。

"'怎么回事?'他一眼就看透了我,'你不喜欢你的未婚

妻,不想和她结婚?'

"'是,是……我不喜欢她,我不喜欢她……我对她没有任何感觉……都是我父亲强迫我的,我没办法反抗。'

"'原来如此。小伙子啊,人生中会有很多不如意的事情,但如果决定了某件事,就只能接受;要么你便拒绝,离开你的舒适圈。天大地大,没有什么事情可以绑得住你……'

"那个时候我醉醺醺的,好像没太听懂他说的话,但当我清醒过来以后,我明白了……"

我默默地听着,菜一道一道上,吃完了最后一道主菜的时候,他讲完了这个故事。

"原来是这样。"我刚开始不理解他,觉得他是个渣男,得了便宜还卖乖。现在我开始理解,原来每个人都有不得已的苦衷,"所以你选择了你想走的道路。"

"是的,离开英国之后,我便发现这个世界上有我太多没见过的东西,我不想只活在原地,像井底之蛙一样活着,那样我早晚会疯掉的。我想走出去看看,看看有什么是我需要的,而不是我必须去接受的。"

吃完饭后,他执意要送我回家,我也接受了,但却撞见了在小区门口一直等着我的黎俊贺。

我从方承景的车上下来后,有些尴尬地问道:"你怎么在这里?"

"我为什么不能在这里?怪不得我给你发微信你不回我。"他质问道,"那个男的是谁啊?你别告诉我就是老给你发短信的心理医生方承景?"

"嗯,今天我去做了治疗,因为肚子饿了,就一起吃了个饭。"

我只好这样解释道,"我们真的没有别的关系,你别多想。"

"你的心理医生怎么不请别的病人吃饭呢?你要是告诉我他不喜欢你,你觉得我会相信吗?不过没想到他还挺有钱的,居然开豪车。做医生都这么赚钱吗?"他的口气十分不爽。

方承景也从车上下来了,伸出手来对黎俊贺说:"您好,我叫方承景,是秋妤的心理医生,您是她的男朋友吧?"

他们有五秒钟的对视,火药味十足,而彼时我真的意识到——方承景是喜欢我的,或者肯定是对我有好感的。

"呵呵,是啊。既然你知道了,还约我女朋友吃饭?"黎俊贺没有理会方承景伸出来的手,反而是把我拉到他的身边,就像是示威一样对方承景说,"既然秋妤安全到家了,你可以走了。"

"那我就不打扰了。"

我尴尬地和方承景摆摆手,没想到他却冲我微微一笑,"秋妤,我们改天再约。"

这……我没想到方承景会是这种态度,这真的是赤裸裸的挑衅啊。

"你们到底是什么关系?"黎俊贺抓着我的手不放,"如果只是医生与病人的关系,他为什么要请你吃饭呢?我都看得出来,这小子喜欢你,你不会看不出来吧?"

"什么都没有,你别瞎寻思了。既然你都来了,要不要上去坐坐?"我没打算继续这个话题。

"秋妤,"他一下把我拉到了他的怀里抱紧了我,"我真的在意你,我不想再失去你了。我知道……谁都喜欢有钱人……但是我也一直在努力让你瞧得上我……不是吗?你到底有没有看到我的努力?"

我没见过这个样子的黎俊贺,这和曾经温柔、百依百顺的他完全不一样了。

"你到底什么意思?"我把头探出来,仰着脖子看着他,"你在说什么呢?什么叫我喜欢有钱人?你觉得因为他有钱,所以我才和他去吃饭的?"

"不是……我不是那个意思,我只是害怕失去你,我实在是太没有安全感了……从我们刚在一起的时候就是这样的,你就像是星星,我总是在遥望着你……你不知道那种感觉,到底有多累。"

"我完全不懂你在说什么。"我把他推开,非常失望地说,"我很累,现在要上去休息了。你既然不想上来,那就别再跟着我了。"

他这次没再跟上我,呆呆地站在原地。

听说所有的事情都可以通过时间治愈，也可以用时间忘记。

第九章　谈

回到家,发现妈妈不在,给她打电话才得知她今天出差了,但是忘记和我说了,"秋妤啊,你照顾好自己,记得按时吃饭,好好睡觉,过几天我就回去了。"

"好的妈妈,你放心吧。"想到妈妈这几天不会回来了,我还有点失落。

我洗完澡便睡下了,黎俊贺也没有再给我发过信息。第二天一早,我便接到了史佳叔叔打来的电话,他让我去南城外的咖啡厅找他,时间在下午五点。

正好我今天上早班,四点就可以从花店离开了。

今天一到花店,我便感觉到不太对劲。所有人都在花店里围着,等我走近一看,我的同事徐丽红正在哭。

当看到我后,她立马向我走了过来,对我说:"冷秋妤,我的东西不见了,你看到了吗?"

"什么东西不见了?"我有些疑惑地问她。

"就是我的订婚戒指啊!前两天因为不方便我便摘了,就放在了桌子上,但是昨天晚上我再找的时候就不见了。我记得昨天只有你上班!你是不是看见了?"

昨天本来不是我的班,因为郑凌说家里有事情,临时跟我调换了。

"我并没有看到你的戒指,我想你可以看看监控。"

"监控我当然看了,但是并不清楚,根本看不到戒指在哪里。"

"既然如此那就报警吧,我可不背这个锅,我不明白你为什么要怀疑我,你是有什么证据吗?"我内心十分不悦,我压根就不知道她的戒指这回事。

之前这个徐丽红就喜欢针对我,动不动就翻我白眼。我也不知道自己到底是哪里得罪她了。

"不是你还有谁?我知道你家里条件并不好,听说你和你妈在附近租了个特别小的房子。以前过惯了大小姐的生活,现在受不了穷,也是理所当然的事情……"

"你!"我非常激动,想动手,但是我忍住了,缓缓地把手放了下来,"是……我现在是缺钱,但最起码的教养还是有的,我不会随便拿别人的东西,何况你那订婚戒指,也不值几个钱吧。"

"怎么?难道你还想打我不成?"徐丽红突然站了起来,对我吹胡子瞪眼道,"是,是不值几个钱,但是也有你三四个月的工资了!我看一会儿警察来了你怎么辩解,找不到东西就只能你赔我!"

郑凌拍了拍徐丽红的后背,又看向我说:"别着急,可能是还没找到,我们再找一找。"

我觉得她们就是有意针对我。我努力保持冷静,拿起手机对她们两个人说:"我还是把警察叫来吧,反正我没做,我问心无愧，随便你们怎么说。"

就当我要报警的时候，郑凌突然从包里掏出了戒指，"哇，居然在这里！"

"怎么会在你这里？"徐丽红大吃一惊。

"我也不知道啊……可能是不小心掉进去的吧。"郑凌解释道，"既然咱们都找到戒指了，你们就别生气了，都是同事一场。"

"你们两个今天演这出戏到底是什么意思？"我没好气地说，"要是我今天没提报警，你们就想让我背这个锅是不是？让花店里的人都觉得我冷秋好是个小偷？"

"不是的秋好，这只是个意外……你别多想。"郑凌拉着我的手，亲昵地安慰道。

我咬着牙，没再说一句话。

等到下班，我便马上收拾东西离开了，按照约定来到了史佳叔叔说的咖啡厅。

一进门便看到他坐在那里等着我。他向我热情地招招手，我连忙走了过去坐下来。

"秋好，好久不见了，最近还好吗？"他很礼貌地问我，并且把菜单递给了我，"你想喝点什么？叔叔请你。"

"不用了史叔叔，我晚上还约了朋友，我问几句话就走了，不会耽误您太久的。"下班的时候黎俊贺约我去他家吃饭，我欣然答应了。

"好的，那你有什么问题就问吧，叔叔知道的事情都会告诉你。"

"我醒来后忘记了很多东西，所以想让您帮我回忆一下。"

"没问题，叔叔能帮的一定帮。"

"您知道苏梦琪的爸爸吗？"

"知道的，他也是你爸爸曾经的员工。"听到这句话，我似乎突然理解了什么。

我突然记起当时苏梦琪在医院里的歇斯底里，原来都是因为她爸爸。

那天，苏梦琪给我们打完电话后，我和黎俊贺便马上赶回学校。

到了学校才发现她已经去了医院，我们又去医院找她。当时她蹲在重症监护室门外一直哭，歇斯底里。

"梦琪，到底怎么回事？"我上前抱住她，她也反过手来紧紧抱住我。

"秋好，我爸爸最近因为压力很大，一直不休息，突发脑血栓。之前他的高血压就很严重，我让他去医院检查他不在意，现在变成了这个样子……"

"梦琪，没事的，叔叔会平安的，我们都在你身边呢。"我对她安慰道。

"黎……黎俊贺。"苏梦琪突然抬起头来望向黎俊贺，眼神充满了希望和炙热。

"我这两天会抓紧的。"黎俊贺只说了这么一句话。

那个时候我的心思一直扑在该怎么帮助苏梦琪的父亲渡过难关，没有理解他们究竟在说些什么，那些话到底是什么意思。

苏梦琪告诉我，重症监护病房一天的医疗费用就要两万多，而且不知道要待几天。她说家里已经没钱了，所以正在不停地管朋友借钱。

| 第九章 谈 |

我也看了一下卡里的钱，只剩下一万块了。

"梦琪，我先把这一万块转给你，然后我再想想办法。实在不行，你就先把你家的房子卖了？"

她紧紧地握住了我的手，"秋妤，那个房子是我家的本，不能卖……你爸爸不是很有钱吗？能不能让你爸爸先帮我把钱垫上，等我有钱了，我一定还你们……给你们当牛做马都可以。"

"你别这么说，我先去问问我爸爸，之后再给你答复。"

那天我晚上我便给爸爸打了电话，但爸爸却说："秋妤啊，爸爸现在手头现金并不多，最近投了一家公司全部套进去了，所以需要再等等。梦琪爸爸的事情我知道的，你放心。"

……

"秋妤？秋妤？"看见正在发呆的我，史叔叔喊了我几句。

"哦哦，没事，我突然想起来了一些事情。"

"你为什么要问关于苏梦琪爸爸的事情？"

"因为我觉得我这些遭遇，或许和她的父亲有关。"我对史佳叔叔解释道。

"他的名字叫苏震，是你爸爸之前公司的策划之一。本来他是做卡车司机的，因为你的关系，所以你爸爸把他录用了。他们家的情况也因为你而逐渐好转，之后在北都的郊区还买了房子。"

"那之后呢？到底发生了什么？为什么苏梦琪的父亲还是去世了呢？"

"本来这种病来得就很突然，花钱也很多，就像是一个无底洞一样。他在重症监护病房里大概躺了有三个月的时间。听说后来苏梦琪把家里能卖的都卖了，包括那套房子，她和母亲过得很拮据。本来她的母亲没有工作，喜欢打麻将，他们一家都是靠她父亲一个人养活。"

"那我爸爸后来有没有资助苏梦琪的爸爸？"

"你爸爸心里也是想的，但是那个时候公司的资金链因为投入新公司全部断掉了，也没有钱可以给到他。你也别怪你爸爸，那个时候他连工资都发不起了……"

"可是于情于理，因为工伤，公司都该给补偿不是吗？"我现在才明白，那个时候爸爸没有跟我讲明白的是公司已经面临破产。他害怕我担心，不好好上学，所以什么都没说。我还因为他不给我钱和他大吵了一架，曾经我以为他只是不满意我的男朋友而已，只要我们分手了，他依然会给我生活费。

"后来苏梦琪的妈妈也告到法庭上去了，不过那会儿苏梦琪已经把你捅伤了……这一切后来都压到了你妈妈的头上。至于后来你妈妈怎么把钱还上了，我就不知道了……这件事情我也觉得很奇怪。"

"妈妈……"我喃喃自语道。妈妈真的是为了这个家操碎了心。如果不是她一个人坚持了下来，估计我们一家三口也早就在天堂相见了吧。

我现在似乎有些明白苏梦琪为何捅伤我，或许她把她爸爸的一部分死因怪在了我头上。可惜当时的我根本不清楚这些，连爸爸公司破产的事情我都不是很清楚。

"那爸爸为什么要投钱给那家公司？那家公司的合伙人是谁？"我很不理解的是，爸爸的公司为什么说破产就破产了，"还有就是爸爸为什么会突然出车祸？"

"合伙人我不知道是谁。毕竟投资的事情是你爸爸和股东们一起决定的，虽然他很信任我，但是我也没有资格去过问或者是参与。关于你爸爸出车祸，那个肇事司机已经被抓了。你爸爸临走前也叮嘱不要再深究这个事情了，我想他应该是知道些内幕的，而我们也没有再继续抓着不放。所以我想，一切都已经结束了，我们也该重新开始了，不是吗？还好秋好，你还活着，一定是你爸爸在上天保佑着你。"他说完这些话，不禁感慨道，"对不起，我也没能为你们做些什么，这些年我一直在为你祈祷，希望你早日醒来。如果你还有问题随时可以联系我。"

"谢谢你了，叔叔。"

在离开之前，史佳又问了我一嘴，"对了秋好，你现在和谁住在一起呢？"

"和妈妈呀。"我觉得他问这个问题很奇怪，我还能和谁住在一起呢？

"妈妈？你说的是……刘莉华？"他挑了一下眉毛，似乎言语里透露着些疑惑与不解。

"是啊，怎么了？"我很奇怪他的反应。

"没什么没什么，那我先回去了。秋好，我们随时保持联系。"他和我摆摆手，目送我上了公交车，"叔叔就不送你了，还有别的事情。"

"没事的叔叔，我自己可以回去，再见了。"随着公交车的门缓缓关上，我冲他摆了摆手。

公交车上，我想了很多很多。印象中，父亲好像是一个特别坚强的男人，什么都喜欢自己撑着。他知道我要强，要面子，也害怕影响我未来的发展，所以从来都是做我最坚强的后盾，自己默默承担一切。

当然，史佳的话让我更加确认了爸爸的车祸不是意外，一切都是有关联的。

下了公交车后，我打电话给黎俊贺，"我到你家附近的车站了。"

"好的，秋妤大小姐，我马上下去接你。"

大概也就一两分钟，黎俊贺便出现在了我的面前，拿了一束花给我，"你看这花好看吗？我在你们店里买的。"

"呃……好看的……"我本来是想说不怎么好看的。并不是因为花真的不好看，而是此刻的我不太开心，甚至今天早上的事情还在我的脑海里回荡着。

"怎么了？发生什么了？"他一眼看穿了我的不安和焦虑。

"走吧，我们上去说。"我伸手接过了花，拉着他的胳膊往小区里走去。

到了家里，黎俊贺打开了门对我说："请进吧，我的秋妤公主。"

黎俊贺摆了一个心形蜡烛，中间放上了他亲手烤制的牛排，弄了一个烛光晚餐。

"好浪漫呀！"我不禁感叹道，"这一定是你学了很久才做好的吧？"

"你快点坐，尝尝我做的牛排好不好吃，为了你我可是学习了很久呢！"

"谢谢你……俊贺，谢谢你！"我有些感动，或许是我昨天小心眼了，他为了我确实是用心了。

虽然今天一天都很不愉快，但是此刻让我知道有人还在爱我，惦记着我，就是一件非常美好的事情。

| 第九章 谈 |

"不用客气！我知道你会喜欢的。昨天对不起，是我冒失了，我没有想伤害你，我只是害怕你会爱上别人……"他拉住我的手，和我道歉。我看出了他眼里的愧疚和真挚，"你知道的，我不能没有你，我所做的一切都是为了和你在一起。"

我看着他的脸颊，接着笑了起来，趁着他低着头的时候摸了摸他的头发，"没事，我没往心里去，我只是今天很烦很烦……工作得并不愉快，我很想远离那个花店。"

"对啊，刚见到你就感觉你很疲惫，是不是又发生了什么？"

"还不是因为那个郑凌！我觉得她分明就是有意针对我，今天我差点报警！"我愤愤不平地说道。

"是吗？到底发生什么了？"

"今天我同事的戒指找不到了，她们却联合诬陷我，说是我拿的！我是那种人吗？"

"怎么会有这样的事情？秋好，你当时就该告诉我，我就立马去店里找你，和她们好好理论一番！"黎俊贺听到这样的事情非常生气，站了起来，还狠狠地拍了一下桌子。

"算了吧！还好有惊无险……不过我会小心的，我倒要看看，她到底有什么目的。"

"你的执着依旧没有改变……你如果有事情随时叫我，我不会再让你受到伤害了。"

这顿饭很好吃，我还喝了点红酒。我们一起谈天说地，很开心……

我们仿佛又回到了在学校的时候。

……

黎俊贺穿着我最喜欢的一件白色衬衫，微笑着向我走来，手里拿着另外一件白色的毛衣。

"秋好，马上入秋了，你多穿一点。"他把白色毛衣给我披在肩上。

"是啊，要到秋天了，今年生日你给我准备什么礼物呀？"我环住了黎俊贺的脖子，依偎在他的肩膀上。

"我给你买了你最喜欢的围巾！就是限量的那款，我前两天在你回家的时候去商场排队抢到的！"

"真的吗？？快拿给我看看！"我听到这个消息非常高兴，"可是你哪儿来的钱？限量款的围巾一定很贵……"

"别着急呀，等你过生日的时候我再拿给你。"他轻轻地吻了一下我的额头，我闻到了他身上淡淡的栀子花的味道，"你父亲……到底有没有同意我们在一起？我最近有努力在挣钱……"

"什么时候的事情？你怎么没有和我说过呢？"我有些惊讶，"你还是要好好上学啊，以后才会更有出息！"

"周末的时候我找了份兼职在做，虽然挣得不多……但是好歹能多给你买点东西。"

"呃……咱们现在在一起不是挺好的吗？我觉得很幸福啊！根本不需要你多挣钱……"我撇了撇嘴，"前天回家，我爸爸说要给我介绍一个合伙人的孩子，说是比我大几岁，而且学历很高，一表人才。"

"什么？那你会不会……"黎俊贺突然感觉到不安，"那你不会要和我分手吧？我不想和你分手……秋好。我知道我家里条件不好，你们认识的都是家里背景极好的人……但是我是真心喜欢你的……"他对我恳求道。

"不，不会的，我又没见过他，我也不喜欢他！我发誓，我

第九章 谈　　111

心里只有你一个人！"我对他做出发誓的姿势。

"好啦，我相信你。我只是太害怕失去你了……"

吃完饭，黎俊贺说自己先去洗碗，我问他要不要帮忙，他说自己能行，让我先看会儿电视。

我参观着他的家里，手里拿着杯红酒，此刻的我有些微醺。他的家东西很多，但是不乱，平时他也会自己收拾。家里并不大，但是很温馨，一个人住刚刚好。黎俊贺不太喜欢看书，平时无聊就喜欢打打游戏，或者是出去打台球，所以家里只有几本书，我随便翻阅着，不料因为纸太硬划伤了手。我轻轻叫了一声，黎俊贺听到后连忙在厨房里喊着："怎么了秋好？需要帮助吗？"

"没……没事，不用担心，我只是不小心把手划伤了。"

"你真是太不小心了！你去门口的红色抽屉里找一找，没准有创可贴。"

"好的。"我走到了红色的抽屉前面，打开抽屉，看到了创可贴。但是没想到在创可贴的边上，竟然有个小熊玩偶。

这个小熊玩偶很是眼熟……

我突然陷入了和苏梦琪的一段回忆里。

苏梦琪从淘宝上买了一个手工包与一些棉线，手工织出了一个小熊。她告诉我，是自己喜欢的男生要过生日了，所以要送给他自己亲手做的东西。

我笑着对苏梦琪说："谁要是拿到这个小熊非要感动死了，这个可是你亲手做的呀！"

苏梦琪听后反而低下了头，没说话。

"梦琪？"我摇了摇她的肩膀，有些疑惑地问道，"你怎么了？怎么突然不说话了呢？"

"我……"她沉默了良久，才对我说，"或许他永远都不会接受我，这一切都只是我的一厢情愿而已。"

"怎么会呢？你都这么用心了……"我对她安慰道，"他怎么可能不喜欢你呢……"。

"喜欢他的女孩子太多了，也不差我一个。"她低着头，轻声地说，眼里充满了渴望与自卑。

这个小熊就是之前苏梦琪亲手做的那个。我拿着它发呆了好一会儿，似乎明白了什么，最终选择轻轻地把它放了回去。

十分钟后，黎俊贺从厨房里走了出来，从侧面抱住了我，对我说："我的秋好，我好爱你啊……你知道吗……现在闻到你头发上的味道，和之前一模一样……这种感觉很熟悉……"

我看着黎俊贺这张英俊的脸，好想触摸，却又把手收了回去。我知道，从我看到那个小熊开始，我和他之间的距离注定要越来越远了，因为我明白，他欺骗了我。此时的我，觉得他好恶心……

"黎俊贺，"我低声呢喃道，"有个问题，我想问你……"

"什么问题？"

"苏梦琪，她到底是不是你的初中同学？"

"是啊，你怎么了……"他肯定地回答了我，"你怎么突然问起这个问题……我以为你一直知道的……"

"不……我不知道……"我的心沉了下去，额头开始有些冒冷汗了。原来这些年最可笑的人竟然是我自己，"我不知道她口中喜欢的那个人居然是你……"

第九章 谈

"一切都过去了秋妤,她现在也得到了应有的惩罚,不是吗?我们应该开始新的生活,我和你说了多少次了,不要再沉浸在过去好不好……"他一把抱起了我,把我放在了床上,开始亲吻我的脸和嘴,"秋妤……我真的好喜欢你,大学的时候你就不愿意和我上床,你说第一次必须给你最爱的人。现在我想知道,我到底是不是你最爱的人……"

此刻我的脑子就像是晴天霹雳一样,有个念头一闪而过,我要逃离这里,原来所有伤害的源头便是我眼前一直最喜欢的这个人。

曾经,苏梦琪开学第一天就告诉过我:她喜欢的人是她的初中同学,没想到他们在大学又遇见了。

白紫曦的疑惑并不是没有原因的,我的大学老师也告诉过我相同的疑惑。我终于找到了问题的根源……

苏梦琪心里一直念念不忘的男生,竟是我的男朋友黎俊贺。

我为什么之前没想到呢?我竟然因为爱情冲昏了头脑,对一切都视而不见吗?

黎俊贺啊,我曾经最爱的人当然是你,我甚至可以为了你舍弃我的一切,可以不要任何人,包括我的家庭,但是你却做出这样的事情来伤害我,让我差点失去了年轻又宝贵的生命。到底有什么事情比生命更可贵的呢?

想到这里,我慌忙推开了他,拿着我的衣服和包离开了他家。在夺门而出的那一刻,我没有回头,即使喝了酒,但此刻的我是如此的清醒,我知道自己在做什么。

冷秋妤。

你糊涂了那么多年，现在终于该清醒了吧？你该看清楚眼前的黎俊贺到底是个什么样的人了吧？他的美好与温柔都是他的伪装，他一直在欺骗你。

我打了个车回到了家里，一路上眼泪狂奔不止。我似乎渐渐地从迷雾里走了出来，也仿佛知道了一些真相。

冷静后，我把手机从包里取了出来，看见全部都是黎俊贺的未接来电，他或许从未真正在意过我的痛苦。

现在我终于知道了，苏梦琪捅伤我主要有两点原因——苏梦琪的爸爸与黎俊贺。

所以现在我必须当机立断，和他结束这荒谬的关系。

我并未接电话，而是给他回了短信：黎俊贺，我们分手吧，请你不要再出现在我的世界里。然后便关了手机准备睡觉，但我怎么能睡得着？

我彻夜未眠，仿佛一切的梦魇就发生在昨天。

是我的天真与幼稚害了自己，害了苏梦琪……如果当时我听了爸爸的劝告，或许今天一切都会变得不一样了。我才是彻头彻尾的傻瓜。

第二天一早，黎俊贺便跑到了我家楼下拦我。我想到了他会对我纠缠不休。

他抓住了我的手，就好像变了一个人一样，对我愤愤地说："怎么了秋妤，你为什么和我提分手？我到底怎么了？"

"你心里没点数吗？黎俊贺，当初到底发生了什么，你难道还要继续欺骗我吗？就是因为我失去了记忆，所以你才能肆无忌惮地欺骗我。我可以信任你一次两次三次，可是纸终究包不住火。

一个人再傻再笨,也不能永远被你这样玩弄吧?"

"冷秋好,我根本不知道你在说些什么。"他还在继续跟我装傻。

"好好好,那我现在跟你说个明白。在你家柜子里的那个小熊,是苏梦琪送给你的吧?"

"……是,那又怎么了?"

"她是喜欢你的,你从头到尾都知道,只有我不知道而已。当时我还问过你,她是不是喜欢你,是你亲口否认了这个事实。"

"秋好,这个事情可以解释的……你知道她是你最好的闺蜜,我不愿意看见你们的关系因为我而破裂……"他摊开手,继续摆出一副无奈的表情。此时的我,已经看清楚了他,这副嘴脸真的让我非常恶心。

"是吗?那我是不是还得感谢你呢?谢谢你一直在欺骗我?你的温柔体贴全部都是装出来的吧?我到底身上还有什么值得你继续欺骗的?"我对他冷笑道。

"事情根本不是你想的那个样子……我也只是为了保持关系上的和谐而已,毕竟她是你的好朋友。"黎俊贺从我醒来开始,就一直没说实话。他有时候故意阻止我想起过去,就是害怕我知道了真相再也不能挽回我的心。

"那你告诉我,在我被苏梦琪捅伤那天,你在我吹完蜡烛那刻说有事情离开了,你到底去了哪里?"

"我……我不是和你说了我家里有事儿吗?"他的表情出卖了他,他明显很心虚。

"不,我想起来了。那天你只是接到了一个短信。你看了一眼手机,神情不太对。那个短信是不是和苏梦琪有关系?你们之间到底有什么不可告人的事情或是交易？"

他沉默了，没说话。看来确实是被我猜中了。

"黎俊贺，现在你来说说，你和苏梦琪的关系到底是怎么样的？"

"我不喜欢她。是她一直喜欢我，那又怎么样？就因为这件事你要与我分手，要和我彻底决裂？"

"不，我在意的并不是这件事……其实在我们交往之前，你就知道苏梦琪是我最好的闺蜜了，对不对？可是你还要追求我。"

"我喜欢的人是你，不是她。为什么她喜欢我，我就不能追求你了呢？"

"但是你为什么要收她的礼物？给她希望？"

我还记得她喜欢的男生收了她做的小熊说会考虑的时候，苏梦琪到底有多开心。那天她很兴奋地和我说："秋妤……我最喜欢的男生，收了我亲手做的小熊呢！"她看见了希望，可这希望是我亲手熄灭的。可这些，我完全不知道，我一直被蒙在鼓里。

"可是我也没有对她怎么样啊？我连她的手都没碰过……秋妤，那些事情都过去了……你能不能不要继续纠结了……"他有些气急败坏，想要抓住我的手，却被我躲开了。

"黎俊贺，和你在一起是我最美好的时光。这些天和你相处的时光，我屡次被你感动。但是梦醒了，我们的关系终究要结束的。就算我一直没有恢复记忆，总有一天你做的这一切都会被我发现。我们不如就好聚好散吧。"

我说完这句话，打算离开，没想到黎俊贺突然从背后抱住了我，对我说："秋妤，如果这些我都承认，你能不能原谅我的年少无知……我只是太爱你了而已……很多事情也都不是我的本意……"

"可惜，很多事情都是无法弥补的。你看见我身上的刀疤了吗？全部都是拜你所赐。"我把自己的衣服撩了起来，给他看我身上的每一处刀疤，"是不是很吓人？我刚醒来时，甚至有自杀的念头。这就是你所谓的爱吗？不，你更爱的是你自己，是你太过自私了，你爱的并不是我。"

"不……秋妤……"

我一把推开了他，头也不回地走了。这一刻我终于释然与解脱了，"如果你再骚扰我，我会报警的。"我对他威胁道。

……

我跑到了花店，然后气喘吁吁地坐在了店里的椅子上，打算喝口水。郑凌从我的面前经过，仿佛很关心地对我问道："你还好吗？秋妤，昨天看你很生气我就没敢再找你。"

"好了，你别虚情假意了，郑凌……我不吃你这套，请你离我远一点。"我直接把话说开了。

"不，我……我没有……"她好像感觉是我误会了她一样，很失落地对我解释道，"那天我真的是在帮你，我没有故意拿走戒指，我也不知道为什么戒指会在我的包里。"

"你真的没必要解释了，我不想听。我们就保持普通同事的关系就好。"

我转过头没打算继续理她，便开始了一天的工作。

到了中午，我决定给白紫曦再打一通电话，让她帮帮我，有些事情我必须要问清楚。黎俊贺承认的事情还远远不够，他肯定还有什么其他的事情没有告诉我。

我自以为的拯救，只不过是别人的敷衍，我还傻傻地以为我的付出能够照亮一切。

第十章　明

　　最近这些天黎俊贺都没有再联系我，我安心了不少。
　　曾经的我或许真的因为爱情一时冲昏头脑，并没有在意过周围人的感受，甚至是父母的话也一概不听。现在的我终于明白，有些事情都有两面，我如果只看到镜花水月的那一面，那么带给我的就是绝望与欺骗。
　　童话故事很好看，王子和公主终究会幸福与美满地在一起。而现实中，没有公主也没有王子，就算真的有王子，或许也是危险的。
　　最近方承景找我找得很频繁，他虽然就比我大几岁，但是想法确实是蛮成熟的，或许是和他曾经经历的事情有关系，可我还是不够了解他，他身上就好像有一层雾。
　　今天又到了心理治疗的时间，方承景唤我去治疗室。没想到他看见我第一句话就是，"你和小男友分手了吗？"
　　我有些不解地问他："你……你怎么知道的？"
　　"这还不简单吗？我看了你的朋友圈。虽然你没有发过你们的合照，但朋友圈背景由粉色变成了现在的黑色。从心理学的角度来讲，这是人在受到了伤害以后，才会变更的颜色……你有什么困惑可以和我说说，我愿意倾听的。"

我没想到他对我观察得这么细致入微，"你真的观察得太仔细了，你是不是喜欢我？"我有些开玩笑地说。

"我当然喜欢你，难道你今天才发现？"他那万年冰山的脸上居然出现了笑容。

"啊？咱们才认识多久，别开玩笑了，方医生。"

他没回应我的话，而是开始给我做治疗。治疗完，他给我放了一部电影让我独自看完，故事讲述的是一位父亲调查因车祸而昏迷的女儿的背后发生的事而失去手臂的故事。最后真相大白，女儿苏醒了，而他也无怨无悔，因为女儿对他来讲，便是生命的一切。

看着看着，我的眼泪突然掉了下来，我连忙拿纸巾擦拭着眼角。

我突然想起来，小时候虽然爸爸很忙，但是我的记忆里却少了妈妈的片段。为什么我的记忆里只有爸爸却没有妈妈呢？

电影放映完毕，我站起来深深吸了口气。没想到却看见方承景的治疗室有很多的合影。其中有一张合影里有一个和方承景长得很像的男人，而这个人我有些眼熟，好像在哪里见过。为了求证，我用手机把这张合影照了下来，打算问问妈妈或是史佳叔叔，毕竟他们年纪差不多，或许认识。

过了一会儿方承景便回来了。

"对了,承景医生,这个男人是你的爸爸吗？"我指着照片说。

"哦？哦……对，是的，那个是我的爸爸。"他点了点头。

| 第十章 明 |

离开方承景的治疗室以后,我刚好遇见了史叔叔,便把照片给他看了,没想到他还真认识。史叔叔告诉我,那人是方志卿,是我爸爸从小一起长大的好朋友,和我爸爸也有工作上的往来。

难道我和方承景之前就认识吗?而我总感觉方承景看我的眼神有些亲切又熟悉……但我的记忆里却找不到关于他的一点印记。

这个时候史叔叔疑惑地问我:"秋妤?有什么不对的地方吗?"

"没有……我只是觉得这个世界太小了,好像很多事情都是冥冥之中会发生的。不过,这个方志卿和爸爸合作的项目有哪些?"

"这个事情我不太清楚,因为方志卿后期主要的产业都在英国,我建议你可以去问问之前的股东,也就是你爸爸的心腹之一——李杰。他的公司就在北都,我可以给你地址,你可以和他了解一下关于这个方面的事情。"紧接着,史叔叔便把李杰的地址发给了我。

晚上回到家,看见门口鞋柜里妈妈的拖鞋不见了,看来她已经回来了。

看到她的背影,我很开心地从后面抱住了她,"妈,你终于回来了!我想你啦……"

她似乎是太专注了,没有听到我开门的声音,又或许是在想什么心事,所以当我抱住她时她被吓了一跳,对我说:"呼,吓死我了,秋妤你回来了?最近怎么样呀?都没怎么给我打电话。"

"哎,最近的事情太多了……你不在的这段时间里又发生了很多很多事情……"我对妈妈叹气道,"我最近又想起来一些事情，都是关于爸爸的，为什么关于你的记忆少之又少呢？"

她本来在切菜却突然停住了，过了几秒钟才回答我："呃……因为我们之前的关系并不好，你和爸爸的关系更好一些。"

"我记得你说过，可能是我没记起来呢。对了，我和黎俊贺分手了。我才发现苏梦琪捅伤我和他有很大的关系……我居然什么都不知道……早知道就听爸爸的话了……我为什么总是看错人呢……"

"什么？"妈妈听到这些话也显得有些激动，直接拿着菜刀转过来，"我早就让你和他分手了！你就是不听，我就知道那小子没安好心。"

"我当时……我当时……都怪我不好……"我的眼泪突然掉了下来，说到这里，我还是会感觉到心痛。

毕竟，我曾经真心爱过他，现在我心里还有些温热。

我蹲下来抱住了自己。我不求别人可以感同身受，只想好好地活下去。

妈妈也连忙抱住了我，摸着我的头发，"没事了，没事了……刚才是我太激动了。以后咱们不提了，都过去了……秋好，妈妈会一直陪在你身边，你是我唯一的亲人了，咱们都要学会坚强……"

我依偎在妈妈的怀里很久很久，感觉到了前所未有的释放。

第二天快下班的时候，老板娘让我去给客户送一趟花。因为客人着急要，她答应给我一百块钱加班费。我想着本来自己挣得就少，如果有加班费当然好，所以便一口答应了。

当时郑凌也在，看似担心地说："秋好，要不要我替你去，

| 第十章 明 |

加班费给你。"

"不必了，谢谢你了。"我对她婉拒道。

于是我便拿着花出去了，让她收尾。我走之前，她对我说："秋妤，你小心点，晚上路黑。"

"我会小心的。"我和她摆了摆手，谢谢她的提醒。

其实距离很近，走路十几分钟便可以到，但因为都是小路，我确实有些害怕，不过为了加班费我忍了。

晚上的风确实是很冷，出来我就发现自己穿少了。

小路很黑且没有路灯，根本没有其他人，只有野猫一直在叫着，似乎更加阴森了。

就在这个时候，迎面走来了一个男人，他的胳膊和脖子上都有文身。我有种不好的预感，便拿起手机，刚好看到了方承景的对话框，便赶紧给方承景发了个定位，毕竟这个地方离他的诊所还有住的地方都不远。

还没等我反应过来，那个男人突然快步跑上来，我吓得赶紧后退，但是已经来不及了。他抓住了我的手，身上有一股很重的酒味，"小妞，你长得还挺好看的嘛。这么晚抱着花去哪里？"

我立马把手抽了回来，"不好意思，我还有花要送。"我本来想从侧面走掉，没想到他又抓住我的衣服，把我直接拽到了他的怀里……

我实在是弄不过他，于是大声喊了出来："救命啊！救命啊！有没有人！你再这样……再这样……我就报警了！"

就在我快要绝望的时候，方承景出现在了我的身边，一把推开了那个男人，对他大吼道："你离她远点！"然后把我搂在了他的怀里。

本来他长得就挺高的，整整比那个男人高一头，所以那个男人看了看我们，没好气地说："你行啊小子！下次别让我遇到你们！"然后便灰溜溜地走掉了。

"没事吧秋妤？"他握住了我的胳膊，对我轻声说。

我的冷汗都冒了出来，手也是冰冷的，吓得没敢吱声。

他紧紧地握住了我的手，"没事的，没事的，我不是很快赶来了吗？还好有惊无险……不怕啊，我在呢，我会保护你的。"

我的嘴唇有些发白，只是吐了简单的几个字："没事……我……我要先把花送过去，晚了……晚了就不好了……"

"别送了秋妤，我们回家吧。"方承景对我劝道。

"不……不行。"

他很心疼地扶着我，最后还是妥协了，对我说："走吧，我陪你去。"

就这样，他把我抱在怀里，我们一起走到了客户的家里。后来在他的劝说下，我选择去警察局报了警。

出派出所前我突然想起我临出花店前，郑凌对我说的那些话……我的鸡皮疙瘩都起来了。

方承景看我的神情有些不对劲，问道："怎么了秋妤？你又想起来什么了？"

"我总觉得那个郑凌好像能预感我会出事似的。"我怀疑是她提前安排好的。

"这怎么可能？除非刚才那个流氓是她找来的，她一个小姑娘有这么大的能耐吗？"方承景对我回应道，"实在不行的话，我帮你先调查一下这个人，我们在这里胡思乱想也不是办法，毕竟也没有证据。"

| 第十章 明 |

我点了点头，紧接着离开了派出所。

坐在他的车上，空调的暖风吹在我的脸上，暖暖的，我的心里踏实了很多。

紧接着我感叹了一句，"有钱真好啊。"而这句话仿佛黎俊贺也对我说过。

黎俊贺看到我的新车比我还要激动，他的喜悦溢于言表。他左摸摸又摸摸，甚至还坐在车里让我给他拍照，好上传到朋友圈里去。

彼时我才发现他又新买了名牌衣服，"你又买新衣服了？"

"怎么了秋妤？不好看吗？"他微笑着问我。

"没……没有，但是这款衣服很贵啊……"

"怎么，只准你有钱，不准我有钱吗？"

"那你的钱……从哪里来的呢？"我有些不解地问。以前他的名牌衣服都是我给他买的，虽然买的不多。我们在一起半年以后，我发现他开始喜欢上了这些奢侈品。

"我……我不是和你说了吗，我做兼职赚来的钱，反正没有花你的，其余的你就别管了。"

"好吧。"我只好无奈地回应道。

"这样我才能看起来和你更般配呀，省得学校那些人天天说我是土包子。"紧接着，他一屁股坐上了我的车，对我说，"哇，有钱真好啊……这个座椅还是皮面的，这么软，真是舒服……"

……

"秋妤，你在想什么呢？"看我正在发呆，方承景对我说，"你家到了，用我送你上去吗？不用害怕了，以后有什么事情第一时间联系我，我都会保护你的。"

"谢谢你了。"我神情依旧恍惚，就算是方承景和我说话都要反应很久。

"不用客气。"他笑了，我很少看见他的笑容。

"好了，那我上去了。"我冲他摆摆手，上了楼。

回到家里洗完澡，我躺在床上回想着今天发生的事情，还有方承景的脸，甚至感觉到暖暖的。

这个时候黎俊贺给我发来了信息：你能不能原谅我？我真的没有你想象的那么糟糕，我是真心爱你的。有些话我真的想和你说清楚，我不想我们之间的关系就这样了。

我没有回复，关了机，害怕他再来骚扰我。我的眼泪浸透了枕边，我知道我还爱他，但是我们之间不可能再有以后了，我的耳机里一直在回响着《热带雨林》：

冷风过境回忆冻结成冰
我的付出全都要不到回音
悔恨就像是绵延不断的丘陵
痛苦全方位地降临
悲伤入侵 誓言下落不明
我找不到那些爱过的曾经
你像在寂寞上空盘旋的秃鹰
将我想你啃食干净
月色摇晃树影穿梭在热带雨林
你离去的原因从来不说明
你的谎像陷阱我最后才清醒

| 第十章 明 |

幸福只是水中的倒影

……

第二天白紫曦从运都城赶到了北都。

前几天我给她打电话，求她来一趟帮我弄清楚事情的真相，虽然我想起了很多事情，但我觉得当年黎俊贺应该也瞒了我很多事情，所以我需要她帮我求证一下，她一口答应了。我想她一定对我还有些情感的，而她也是重情义的好姑娘。

随着我的记忆逐渐恢复，我想起来之前我和苏梦琪的关系更好一些，其次是吴笑琳，和她聊天并不算多。因为她很慢热，甚至给人冷冷的、不好接近的感觉，但每次我找她，或者是办事情，她都是有求必应的，很少拒绝我。

而我的计划是这样的：让白紫曦以"老友重聚"的借口约吴笑琳出来，然后我一同前去。

幸运的是，吴笑琳答应了和白紫曦见面。吴笑琳如约到了餐厅，而我则选择在她们到的十分钟后到达。吴笑琳看见我来果然大吃一惊。她没想到白紫曦会选择帮助我。

"你……你怎么来了？"

"我们好久没见面了，就不能聚聚吗？上次我去找你，你还躲着我，其实真的没那个必要，我们之前不是好朋友吗？"我对她抛出橄榄枝，说话声音也变得柔和，打算让她卸下防备。

"可是我们见面也没什么必要，不是吗？"她并没打算给我好脸色。虽然我知道她逞强只是因为心虚。

"当然有必要的，怎么没必要呢，我们之前不是很好的朋友吗？你说呢？紫曦。"我笑着坐到了她们的对面，反过来问白紫曦。

"是啊，笑琳。事情都过去那么久了，有些事情也没有必要再往心里去了，说开了也没什么不好的。"白紫曦也对吴笑琳规劝道。

"笑琳，我醒了以后有些失忆了，好多事情我都记不清了，但是我记得以前我们四个关系很好。但是你也知道不管曾经的我如何，我都经历了地狱般的痛苦……现在我的身上全部都是伤疤。就算你和苏梦琪一起恨我，也该结束了吧。"我把我的衣服掀开给她看。

她张大了嘴巴，似乎是被我身上的伤口震惊了，而后低下了头，对我说："行吧，你们今天设了个局，其实就是为了之前的事情，我没想到你会醒来，但我知道你醒来后早晚会有这一天。既然如此，你想问什么，就问吧。"

"你们都知道曾经我和苏梦琪关系最好，但是后来不知道为什么，一切都变了，我知道你们曾经在背后说了我不少坏话，甚至有些风言风语都是你们传出来的。但是事已至此，我不再追究了。"

我选择原谅她们，因为恨一个人很痛苦很痛苦。我放过她们，就是选择放过我自己。我不想在午夜梦回的时候，还带着恨意入睡；我不想第二天醒来的时候，心还是堵塞的。

"好。你有话就直说吧，但是我并不觉得我欠你什么。"吴笑琳抿了抿嘴唇对我说。

"我有几个问题想问你，请你一五一十地回答我。第一个问题，我生日那天到底谁在现场？"

"我、紫曦，还有黎俊贺。"

"苏梦琪呢？"

"苏梦琪的爸爸在病房里躺着,她去照顾了。"

"所以那天给黎俊贺发短信的人是苏梦琪没错吧?"

"我想应该是的。"

"好,第二个问题,我和苏梦琪的关系为什么恶化了?"

"这个事情有很多的原因。一个是我们确实都嫉妒你,因为你太张扬了,觉得我们应该永远仰望你。或许别人稀罕,但我和苏梦琪从来都不稀罕。其实也不能说我和她关系很好,我知道她心里一直还是把你当好朋友,只是因爱生恨而已。我只是拿捏了她的弱点,分享了她的秘密,后来才和她成了好朋友。"

"最重要的秘密就是黎俊贺吧?"我一针见血地问了出来,"我去黎俊贺家里,居然发现了她之前送给他的小熊,她说过那个是给她最喜欢的男孩子亲手做的。"

"对,但是这个事情我曾经以为你是知道的。"

"我并不知道。所有人都没有告诉过我。"我摇摇头,终究是我太过木讷。如果刚开始我知道黎俊贺就是苏梦琪口中念念不忘的初中同学,那么这一切都不会发生……

或者说,我可以笑自己太傻了,根本不懂人情之事。

"也对。其实我们曾经想告诉你,但是苏梦琪不让我们说。她说,如果你知道了可能会选择和黎俊贺分手,也会因此记恨她,她还是选择成全你们。在这一块,我觉得她做的还是挺对的。"

"既然这样,那为什么她还会捅伤我?"

"难道你不清楚吗?"吴笑琳一脸不可思议地对我说,"可能是你丢失了某段记忆。你记不记得,黎俊贺欠了债,欠了很多很多,根本还不上……但这一切,只是因为和你在一起,为了所谓的脸面而已。"

"什么……"听到吴笑琳说的这些话,我惊讶万分,不过仔细想想,确实有些蛛丝马迹可循——之前黎俊贺买了很多奢侈品,说是自己打工挣来的。当时我也有想,什么样的工作能挣那么多的钱?现在我才明白原来是这样的。

"因为和我在一起才变成这样的?这个理由,未免有点太荒唐了。做错了事情,为什么还要怪我呢?"我难过地摇摇头,我知道自己不能接受这个现实。

"其实,也不全是因为你。男人嘛,都是要面子的。毕竟找了一个这么有钱的女朋友,他觉得自己一直配不上你,所以才不停地买奢侈品。到最后似乎掉到了一个坑里,再也出不来了。"

"那这个和苏梦琪对我的伤害有什么关系吗?"我还是不太能理解。

"当然有关系。"她拿起杯子喝了口水,接着对我说,"后来黎俊贺欠钱太多了还不上,便找我和白紫曦借。那个时候我们还很好奇,为什么他不找有钱的你借。黎俊贺给我们的理由是要给你买奢侈品,因为你喜欢的东西你爸爸不给买。"

"那……你们都借给他了?"没想到,他为了借钱能编出这么荒唐的理由,怪不得到了后来她们三个人都选择慢慢疏远我,我只能和黎俊贺每天待在一起,连朋友都没有了,真是为了套牢我费尽心思。

"我和白紫曦本来家里条件就不好,黎俊贺简直是狮子大开口,我们也没钱给他。不过……苏梦琪她……你也知道苏梦琪多么喜欢他。"吴笑琳说到这里,停顿了一下。

白紫曦也点点头,虽然一直没讲话,但是从她的眼神里能够看出来,吴笑琳说的这一切都是真的。

"那她……她真的借了吗？"

"天呐，没想到你真的什么都不知道。"吴笑琳更加惊讶地看着我，"莫非我们之前都错怪你了？"

"我真的什么都不知道……我甚至不知道黎俊贺欠了很多钱，他什么都没有告诉我。他买奢侈品的钱一直告诉我是兼职赚来的。后来，他也找我借钱，我以为是他家里出了什么事情，直到家里破了产，我才没钱借给他。"

"好吧。你也真是够傻的。对不起了冷秋好，我没想到你也是受害者之一。刚开始我们只是觉得你有点大小姐脾气，比较自我而已，人是好的，但是你和黎俊贺在一起后，好像出现了很多问题……"

现在的我终于明白，最终把我推向风口浪尖的究竟是什么，黎俊贺一直在欺骗我的又是什么。怪不得我醒来后问黎俊贺是谁，他居然会问：你还怪我吗？

现在我懂了，"怪"的意思是什么。我怪啊，我当然怪。如果没有这些事情、这些心思、这些套路，或许也不会发生那样的事情，现在的我也许活得好好的。因为一场恋爱，把自己的未来断送了。

黎俊贺，我到底欠了你什么，你要这样对我。

黎俊贺，如果那些年我没有遇到你，或者是我选择不和你在一起，我现在的人生是不是会更好一些？

"笑琳，请你快回答我的问题。苏梦琪借给了他钱是吗？她怎么能这么傻，怎么……这么傻。"

"是的，她借了。你也知道她爸爸一直在你爸爸那里工作，所以她爸爸一直很看重她女儿和你之间的情谊，所以把所有的家当和钱都放在了苏梦琪那里。因为苏梦琪一直很痴迷黎俊贺，我也能理解……她确实是爱了好久好久，从小到大，她就把黎俊贺当成了那颗最亮眼的星星，似乎可以为了他做一切。"

"那黎俊贺管她要了多少钱？"

"刚开始也就一两万，后来因为窟窿越来越大，所以借的也越来越多。因为我之前听苏梦琪抱怨过，黎俊贺借的是高利贷，因为利滚利越来越多，所以黎俊贺逐渐负担不起……我知道的大概得有十几万。"

"那他找什么借口借钱，后来凭什么不还钱呢？"

"黎俊贺本来就知道苏梦琪喜欢他，所以便利用苏梦琪对他的喜欢，让她借钱给他。甚至承诺过她一些有的没的。"

"到底都是些什么？"我突然觉得浑身发冷……

原来黎俊贺对我的好，都是表面现象，其实根本就是伪装。我不相信这一切都是因为我，或许他本来就是那种会左右逢源、追求奢侈生活的人，只是刚巧遇到了我，激发了他自私的本性而已。

"大概就是说谢谢苏梦琪相信他，说你没有苏梦琪乖巧。你太过霸道跋扈，什么都不听他的，如果当时和他在一起的是苏梦琪就好了……我知道你听到这些话会不开心，因为当时我们都被黎俊贺弄得很讨厌你，所以并没有告诉你这些。"

听到这些话后我沉默了。我握紧了拳头，好想去找黎俊贺理论一番。是他利用女孩子对他的喜欢毁了我们的人生，也是他编织的谎言把我送上了"断头台"。而他又怎么好意思说真的爱我？

"所以就这样，他把苏梦琪迷得五迷三道的，后来苏梦琪把爸爸辛苦赚的所有钱都给了黎俊贺去还债。那个时候苏梦琪甚至

| 第十章 明 | 133

以为他们能够在一起,她很多次都悄悄笑着和我说今天黎俊贺又和她说了些什么,做了些什么。我听着也是云里雾里的,以为黎俊贺要和你分手了。"

"我真没想到一切的源头真的是黎俊贺……我曾经也这样想过,但是他对我那么好,对我那么顺从,我根本不敢相信他会对我不利……我从未想过真相居然是这样的。"

"是啊,所以那天你们来找我,我就觉得你们俩都挺可笑的……我不知道你失忆了,你也别怪我不见你。后来苏梦琪的爸爸出事了,她开始四处借钱。她管所有人都借了一遍,我知道她也管你借了。她还想管黎俊贺要回之前借给他的钱,可黎俊贺说他把钱都给你花了,没有钱可以还给她。"

怪不得苏梦琪对我那么生气,因为这个骗局,不仅使她失去了她以为的美丽爱情,还有她的爸爸,她当然要找我讨个说法。

"后来苏梦琪又管你要钱了对不对?"

"对,她那天理直气壮地管我要十万块,但我没有钱,只好管我爸爸去要,但爸爸并没有给我。"

"我也没想到真相居然是这样的。对不起……其实我们都误会你了。"吴笑琳和白紫曦此刻都用同情的眼神看着我。

现在我们都知道那些年被隐藏的真相到底是什么了。

如果每个人都能坦诚一些,早些把事情的过程和真相告诉彼此,苏梦琪不会因此迁怒于我,而我也不会受到如此的伤害。可惜,我们都不够坦诚,嘴上说是最好的朋友,却因为一个男人有了隔阂。

"唉,你也是受害者啊,秋妤。"白紫曦对我感叹道,然后转过头对吴笑琳说:"笑琳,我之前就和你说过秋妤虽然看起来比较任性，但确实是个好人，她从未想伤害任何人。看来有些男人啊……真的不可信。"

"是啊，对不起了秋妤，我们再次和你道歉。我觉得你应该找机会和苏梦琪说清楚，也让她放宽心，我们也会帮助她照顾好她妈妈的。"

"可她……她根本不见我……"我抿着嘴，内心十分焦虑地对她们说，"我刚醒来那个月，就去找过她，可是她拒绝见我。至于她妈妈……我也很想去找她一趟，麻烦你们给我个地址，或许我可以通过她妈妈，和她说清楚事情的来龙去脉。"

"那你……你不恨她了？她把你伤成这样……我刚才看到真的十分心疼。"白紫曦拉着我的手拍了拍，歉意地对我说，"我还记得那天，我和吴笑琳都在旁边……我们两个人都愣住了，如果早点帮你拦住她，或许你就不会昏迷那么久了……说真的，我们是心疼你的，你什么也没做错，不该遭到这样的伤害。"

"没事……我开始真的好恨她把我伤成这个样子。但是现在我已经恨不起来了，因为我知道她也有她的苦衷。我不能说原谅，只能说自己不那么恨了，我想好好生活下去。"

"秋妤……你确实是个大度的女孩子。是我们都误会你了，但是你似乎变得和以前不一样了呢……"

我听完白紫曦的话，对她们两个笑笑，"很正常，经历过这些大风大浪我看透了很多事情。"

我是真心地认为承受的伤害虽然很痛，但是要学会涅槃重生。

人在绝望中，的确很苦痛，但看到了希望就要坚持下去，这样人生才会美好起来。

只有真正的覆灭才能带来涅槃重生，低谷并不可怕，如果人生非常坎坷也一定要努力微笑，因为只有微笑才可以给我们带来不灭的勇气。

第十一章　隐

　　吴笑琳把苏梦琪妈妈的地址给了我，是在很偏僻的郊区。我想她妈妈的生活一定不是很如意吧，毕竟丈夫去世了，女儿进了监狱……

　　刚从餐厅里走出来那刻，我很想去找黎俊贺。

　　不过后来我并没有选择去找黎俊贺理论什么。既然事情已经发生了，我们不能改变，那便只能学会接受。

　　回到家里，妈妈正在洗澡，而她的手机放在桌子上一直在响，我叫她她也没有反应，便替她接了起来，"您好，刘女士，之前您委托我调查的您先生在其他地方的房产还有海外账户我都帮您调查了，您先生的房产全部在冷秋妤小姐的名下，其他再无房产；至于海外账户，我也帮您看了一下，只有几千美元了……"

　　"呃……"我不知道该说些什么，我压根没想到妈妈一直在调查房产和资金的事情。

　　"刘女士，您在听吗？"

　　"嗯嗯。"我想继续听他还调查出来了些什么。

"冷秋好小姐名下的房产,大概价值五百万。"

什么?我名下有五百万房产?都是爸爸留给我的?

"还有吗?"我用低沉的嗓音对他说。

"其他的没有了,您先生是在公司出事的五六年前买了不动产,全部放在了冷秋好小姐的名下,所以就算公司和他个人的所有财产被冻结,也无关冷秋好小姐的事情,财产依旧可以保留。"

"好的,谢谢您。"

"不用客气,如果有需要再联系。"

我挂了电话后,妈妈从浴室里走了出来,擦着头发对我说:"你回来啦秋好,我都没听见你回来。"

"妈。"我用阴沉的口气对她说,"刚才你手机一直响,我叫你你没听见,我就接了……"

"你……你听见什么了?"她似乎很慌张的样子。

"我听见那个人说,你一直在调查爸爸的资产,对不对?"

"嗯……是的,有什么问题吗?"她坐下来看着我,眼神在闪躲。我一直觉得她有什么事情在瞒着我……

"他说我名下有房产,而且价值五百万左右……这是真的吗?所以你一直知道我名下有房产对吗?但是你为什么不告诉我?"

"我并不知道,所以我才要调查。我之前给你的箱子,就是你爸爸临终前托付我给你的。我猜里面应该有房产证,但是有多少套房子,具体在哪里我根本不知道。"

"那你一定还有什么别的事情瞒着我。"我直视着她的眼睛,"为什么爸爸要把钱留给我,而不是留给你?除非……除非你们的关系并不好。"

| 第十一章 隐 |

"你到底想说些什么……你是不是想起来什么了？"她似乎很关心我的记忆是否恢复了，也许她很想得到我爸爸留下的遗产。

"因为我的记忆里只有爸爸，而关于妈妈的部分寥寥无几。你们关系为什么不好？"

"秋妤，对不起，其实，我不该瞒着你。千错万错都是我的错……但是，你也要原谅我，我隐瞒你，全部都是迫不得已……"

听完她说的话后，我便从屋子里跑了出来。我的手在颤抖，嘴巴也是，手里一直紧握着手机，不知道该往哪里去……世界之大，到底哪里才是我真正的家？上天为何要我一个人默默承受这一切？

正当我迷茫之际，方承景给我打来了电话，"秋妤，你明天要来面诊吗？"

"承景……"我带着哭腔对他说，"我……我……"

"你怎么了秋妤，为什么哭了？"

"我想见你，我在我家楼下。"

"我马上就来。你等着我。"方承景二话没说，也没问我原因就直接来找我了。

不一会儿，他便到了我家楼下，并把自己的衣服给我披上，让我赶紧上车。

我坐在车上没说话，只是闭上了眼睛，整个人一直在颤抖。

"秋妤，到底怎么了？发生了什么？"

"她骗了我……刘莉华她骗我。她为什么也要这样对我……"仿佛唯一的光亮都被熄灭了，我喃喃自语道。

"什么？她怎么会骗你呢？据我所知她对你一直都很好啊，不过你可以相信我，告诉我到底发生了什么……"

"孩子，我并不是你亲生母亲，我是你的继母。但是我待你，一直如亲生母亲那样，我一直认为你是个可怜的孩子，从小没了母亲……我也是想给你更多的关心啊。可惜你一直都不接受，直到你失忆以后，我才觉得你变了，可能因为你觉得我是你唯一的亲人了。"

"怎么会是这样？那你为什么不告诉我真相？"我不可思议地看着她，"你到底想做什么？为什么要暗自调查？你到底是不是为了我父亲的那些遗产？"

"我没有你想象中的那么坏，但是人都很现实，这一点我是认的。"

"你究竟什么意思？你留我在身边到底是为了什么？"我有些站不住了，只觉得眩晕，我现在唯一能信任的人也选择欺骗我。

"你爸爸临走之前，只留下一套房子给我，可惜我为了救你，把那套房子卖掉了。但这是我心甘情愿的，我不可能见死不救。你爸爸其实车祸后没有身亡，而是昏迷了，这一点你是清楚的。"

"然后呢？"

"然后过了大概一周左右，他醒了。那天我在医院陪着他，他突然睁开了眼睛，问我这是哪里。我告诉他是医院，他似乎感觉到自己快不行了，便对我说：'莉华，找我的律师过来，我要立遗嘱。'我便问他，你要怎么写遗嘱，他说我不用管。那个时候的我有些慌乱，我知道无论我说什么也没用，因为他主意已定，不会因为我而改变。我便把律师叫了过来，他说在家里的保险箱里有一个铁盒子，里面是留给秋妤的遗产。里面具体有多少钱，还有多少房产他没说。我便问他，那我怎么办？他说咱们家那套郊区的房子是留给我的，其他让我想也别想。我就很生气，我和

| 第十一章 隐 |

他说你这样对我不公平，好歹我也跟了你十多年……他没理我，但是叮嘱我，让我照顾好你，一定要等你醒来，否则做鬼也不放过我……交代完这一句以后，他就咽气了。"

"爸爸……"

"这些年和他在一起我就没有工作过，所以我根本没有钱，更请不起护工，为了你，我只能卖掉他给我留下来的那套房子……"她低着头，表情很难过，"我也不是故意要欺骗你的，我只是想让你快点好起来，不想让你觉得你的亲人都去世了，好歹还有我陪伴着你。"

"那我的妈妈呢？你是怎么和我爸爸在一起的？还有就是……你为什么要坚持救我？你完全可以放弃我。"

"你的妈妈在你三四岁的时候就死了，听你爸爸说，是因为乳腺癌去世的。她年轻的时候很爱生气，脾气不太好，但是长得很漂亮，你爸爸很爱她，也很惯着她……我想你爸爸可能从来都未真正爱过我吧，很多次他应酬完，都是念叨你妈妈的名字。后来无意间，我在他的钱包里看过你妈妈的照片，长得和我有些相似。所以，我不过是你妈妈的影子而已，而你爸爸和我之间措施做得很好，因为他怕我生下他的孩子。在他心里，你和你妈妈才是最重要的！你爸爸最爱的人，从始至终都只有你和你妈妈……这些话我曾经不敢说出口，现在压在我心里的大石头终于放下了，我刘莉华也不想继续压着这些秘密了……真的好累……好累……"

"妈妈……怪不得我印象中关于妈妈的记忆少之又少……那你，你为什么要救我？我想你一定很恨爸爸吧……救了我也没有任何的意义，不是吗？"

"我开始是恨他的，但是现在的我无论如何都恨不起来。因为我爱他，胜过爱我自己。所以后来，我甚至习惯了这件事情，也把自己当成了你的妈妈，我只想好好对待你。我觉得你是个可怜的孩子，从小没了妈妈。我救你……也是因为你是个好孩子，我觉得你就这样死了真的可惜。虽然你那个时候一直很讨厌我，而且还经常因为我和你爸爸吵架。"她说完这些话便瘫坐在了地上，泣不成声。

"我想，我不是讨厌你，而是不能接受爸爸心里有了除了妈妈以外别的女人而已。"我解释道。

对不起……爸爸，我真的很爱你……现在的你还能听见吗？

"可是，如果我一直不醒的话，你打算怎么办？你不能就这样耗下去，不是吗？"

"是啊，我给自己定了个期限——十年，如果这十年里你没有苏醒，我可能就不会再等了，然后开始自己新的生活。你爸爸临走前把你交给我，我对得起他，也对得起我的良心了。我想你爸爸临走前把那个箱子留给我，让我等你醒来，这样能够加大我可以照顾你的筹码。还好……你醒了，没有辜负我这些年夜以继日的等待。"

"我只能说谢谢你……但是我不能一下就接受所有的事实……我的亲人都离世了，这个世界只剩下了我自己。求求你……你让我一个人冷静冷静吧……"紧接着我夺门而出，只穿了一件单薄的外套。

秋风瑟瑟，我抱着自己的身体在颤抖着，只觉得冷。

……

| 第十一章 隐 |

我把所有的事情都和他讲了一遍。方承景主动握住了我的手，并对我说："秋妤，我大概了解了所有的经过。知道真相对你来讲未必是件好的事情，或许什么都不知道，反而可以开心地活着……但你还有我，我也可以当你的亲人，我绝对不会欺骗你的。"

"不，我要知道，我要知道全部的真相，就算是所有的真相我都接受不了，我也要知道！"我抱住了自己的脑袋，撕心裂肺地哭了出来，"我不想活得不明不白……我不想自我欺骗地活着……仿佛在这个虚假的世界里，谁都是对我最好的，但真正的世界里他们又是能伤害到我的人……"

方承景有些心疼地抱住了我，"秋妤，其实这些痛苦是个很好的过程，虽然过程很压抑，但是你能够看清楚谁真谁假，谁是真正爱你的那个人……"

"真正爱我的那个人……"我低声自语道，"这个世界上……还会有真正爱我的那个人吗？我曾经以为真心守护我的那个人，不过是为了我爸爸留下的遗产而已……"

"有啊，我……我爱你很久很久了……可能你并不知道……"他有些苦涩地笑着，"我默默守护了你很多年。难道你没有发现吗？我对你和别人不一样……"

"什么？你到底在说什么？为什么一句我都听不懂，我们才刚认识不久啊。"

"你还记不记得，你十八岁生日的时候，你爸爸请了很多人，那个时候我就见过你，后来我无论在北都还是英国，都无时无刻关注着你的消息。你爸爸和我爸爸是世交……所以我们其实早就认识了。"

"什么？"

"嗯，你爸爸和我爸爸是好朋友，一起长大的那种。他们在海外也有生意。"

"所以这些事情你都知道？"我有些不解地问他，"那你为什么不早点告诉我？"

"我告诉你，你会更加防备我。我什么都不说，才能更融入你的生活。再说你也从来没有问过我呀……"

"怪不得第一次见面，我总觉得在哪里见过你。"

"嗯，我爸爸一直不太看得上我，因为觉得我和他的喜好、性格完全不一样，而我也确实不喜欢经商，所以现在回国做心理医生。他的很多事情我都不知道，也不参与，未来也不想接手他的公司，这些都是事实。秋妤，我没有必要欺骗你……我对你是最坦诚的。"他摸了摸太阳穴，无奈地、很诚恳地对我说道。

"那年生日聚会发生了什么？为什么你会说喜欢我很久了？"

"是的，秋妤。我喜欢你，我很喜欢很喜欢你。可能你觉得我说这些话有些荒谬，但是我还是要说出口。那年你十八岁生日，你爸爸给你举办了一个很大的派对，那个派对上有很多人，也有我，只是人太多了，你都没有记住我。那是我第一次遇见你，你的眼睛很大，长得楚楚动人的，皮肤又很白皙。那个时候你有男朋友，就是黎俊贺，你一直牵着他的手，眼里也只有他，对其他的人完全视而不见。那天你还和你爸爸吵了一架，我在旁边听到了，你问你爸爸：'为什么不能带着黎俊贺来？我的生日我想带谁来就带谁来。'而你爸爸却说：'秋妤，你给那小子花了多少钱我在意过吗？我还不是睁一只眼闭一只眼，但是今天来了这么多重要的人，我想给你介绍别的朋友认识认识，你怎么就只会拉着那小子？'"

"爸爸……生日聚会……"通过这些关键词，我似乎想到了那天的事情。我为了黎俊贺和爸爸吵了很多次架。现在的我，觉得曾经的我多么荒唐可笑。

对不起爸爸，是我曾经太天真，又太不懂事了。

"所以爸爸是想介绍你给我认识的吗？"

"是的。我早就想告诉你的是，其实你爸爸就是我的师父，之前我和你提到过，他教会我很多东西，让我明白了很多人生的道理，他就像是我人生的一盏明灯，在我迷茫的时候指引我方向。"

"什么？你和我爸爸认识很久了？"

"嗯……你爸爸虽然不知道你会不会醒来，但是他交代过我，如果你醒来了，一定要我陪着你，直到你的身心全部恢复到之前的状态。他让我保护你，不让你受到一点伤害。"

"他怎么确定……确定你会听他的话？而且你还有未婚妻啊！"

"因为那天订婚宴上，是你爸爸告诉我，要遵从自己的内心，他知道我并不喜欢那个女人，但是只有他这样说。我痛苦了很多年，终于在那一刻解脱了。你爸爸就是指引我的明灯，如果没有他，就没有今天的方承景。所以，我信任他，他也信任我，我是他唯一的徒弟。我喜欢你，对你更是一见钟情，我愿意为了你放弃一切。"

"原来如此。"

方承景紧紧地握着我的手，好像我是他最珍贵的宝贝一样，"秋妤，如果你愿意和我在一起，我会一辈子对你好的。"他盯着我的眼睛，认真地对我说，"无论发生什么，我都要和你在一起……我不会离开你的。我等了你这么久，等你长大，直到你看见我、认识我、喜欢我。"

"那你的爸爸……还有你的未婚妻怎么办？"我被他突如其来的表白弄得有点不知所措。

"他早就知道了我喜欢的人是你，但是后来也没说什么，因为他知道我的性格，决定了的事情都是很难改变的，而且我爸爸和你爸爸本来就是兄弟呀，他理应支持的。至于我和许馨，我会找时间和她说明白的。她也是个通情达理的姑娘，我想她对我也不过是执念而已，因为我们在一起的时间真的太久太久了……"

"如果我和你在一起，你会欺骗我吗？"如今的我只有这么一个请求，就是可以和自己的伴侣坦诚相待。

"我不会。因为我觉得情侣之间最基本的就是信任。而且我会娶你，只要你愿意。"

"好，那我答应你。"

"真的吗？"方承景睁大了眼睛，不敢相信我会这么快就答应他。

"真的。"我答应了他。这不是冲动，虽然我们两个不算熟悉，但是每次他都救我于危难之中。最重要的是，他是爸爸最喜欢的人。

无论贫穷与富裕,爱情就是生命的奇迹。只有它才至死不渝,它可以跨越时间,穿过所有的界限,只为来到你身边。

第十二章　爱

　　那天晚上我没有回家，而是去了方承景那里。他的家很大，有三四百平方米。他拉着我，把我送到了一间房间，对我说："秋妤，这个是主卧，你睡吧。这个房间从未有人睡过，平时我都睡在客房。因为我想着等我结婚了，我再和我老婆一起睡主卧。不过每天都有阿姨打扫，你不用担心的。"

　　"谢谢你，谢谢你愿意收留我，我以为世界这么大，只剩下我自己了。"

　　"我们已经在一起了，以后你就是我的女朋友了。师父也曾经交代过我，让我好好照顾你。至于以后的所有事情，我都会承担下来。我绝对不会欺骗你任何事情，请你相信我。"他拉着我的手，认真看着我。

　　"谢谢你对我的好。"我很是感动，"我相信你，爸爸绝对不会看错人的。你好像和我在一起以后，话都变多了呢……"

　　"我并不是天生的冷漠，而是习惯了冷漠。可是你的出现，确实点燃了我。其实……你明天可以不用去花店上班了，我养你。"

他一改曾经的冷漠,温柔地对我说。

"不了,我还是会去上班的,我觉得女人无论如何都要学会独立的。"

"好,我都听你的。"他对我道了句晚安,然后转身离开,就在那一刻,我抱住了他。

他僵硬了一下,可能他没想到我会主动抱住他。

"秋妤?"他低声地说。

大概是意识到我想要留他,他转过身来抱住我,"秋妤……怎么了?"

"我……"我的脸有些红了,"没有……我只是想让你留下来陪我而已。"

他沉默了一会儿,突然抱住我,然后便把我抱到了床上,紧接着亲吻我的脖子和嘴唇……他身上的味道一直很好闻,是古龙香水的味道。

那是我的第一次,我选择献给了他。

方承景在床上抱紧了我,对我低声说:"秋妤……我没想到你还是……可你的伤口……"他轻轻地抚摸着被苏梦琪捅伤的身体,我隐隐约约感觉到了他对我的心疼。

"怎么?很惊讶吗?"我趴在他的胸口上,听着他心脏的跳动,很真实。或许,我是第一次感受到这样踏实的感情,"或许……如果我没有伤口,就不会感受到你的心疼了呢……"

虽然我知道方承景不像黎俊贺那样会说些甜言蜜语,但是他的冷峻让我感觉到了一个男人的吸引力。

"我和他虽然在一起很久,但是从未让他碰过我。我是一个很保守的女生,如果我没有想要和一个男人结婚,我是不会把第

| 第十二章 爱 |

一次给他的。"

"谢谢你。秋好,我一定会好好待你的。"他亲了一下我的额头,"睡觉吧,我明天会叫你起床的。"

我闭上了眼睛,很快就睡着了。我似乎很久没有睡得这样踏实了,我好像找到了人生的方向,找到了我的那盏明灯。

不知道多少个日日夜夜,我都沉浸在绝望的情绪里无法自拔。人生若没有方向,生活便没有希望。我曾经也同样充满了青春的热血,后来被现实打败,被那绝望的爱情和友情同时背叛,笼罩在无济于事的阴影里。如果人生再来一次,我希望我从未遇见过他们,可事情已经发生,我还要坚定地活下去。

第二天醒来,一缕阳光透过白纱窗帘。我看见方承景朝我走来,坐在了床边,"你醒了?我本来还想让你多睡会儿,这才七点半,你们花店不是九点才上班吗?"

"那你怎么醒得这么早呢?"

"我每天早上六点多要晨跑,已经坚持五年了,就是想再次遇到你时,让你过目不忘。"

"你的脸都红了呢。"我摸了摸他的脸,没想到他还有小男孩的一面,"好了,那我也起床了,我收拾一下去花店了。"

"好的,阿姨已经把早餐做好了,你记得收拾好就去餐厅吃,我等你。"

收拾完,我打开了手机,刘莉华给我发了很多条信息,甚至还打了电话。

我明白其实她的心不坏。从她在我昏迷的时候守护着我,并没有放弃我,就能够了解她是个好人。不管她是为了什么,至少她没有动过要害我的心思,也坚守了对爸爸的承诺。就算是我醒来了,依旧对我十分照顾,甚至真心把我当她唯一的女儿。

我回复了她:你不用担心我,过两天我会回家的,我也会照顾好自己的。如果我想起来密码,我会将爸爸的遗产分给你的,只要我能把房产卖掉。我还是会继续去花店上班的,谢谢你这些日子对我的照顾,你做的饭确实很好吃。

我的心不是石头做的,通过这些天的相处,我确实是把她当作了我的亲人。所以让我马上割舍掉,我可能做不到……只是我无法接受的是,她骗了我。

方承景坚持要送我到花店,我只好答应。与他道完别后,他开车离开,而我去开花店的门。正当我拿出钥匙的那一刻,突然有个黑影冲出来跑到了我的身边,抓住了我的手。我吓了一跳,一转头发现是黎俊贺。

"黎俊贺,你到底想干吗啊?快放开我。"我想要甩开他的手,却被他死死攥住不放,无论怎么挣脱都挣脱不出来,"我和你说的话还不够明白吗?"

"秋妤,你听我解释,事情不是你想象的那样……"

"那天我们说得已经很清楚了,我请你不要再继续纠缠我了。"我对他很决绝地说。

"你已经……不爱我了吗?"他低着头望向我,眼睛里充满着各种不理解,"我不相信……你明明那么爱我的……秋妤……你回到我身边好不好……"

"我已经不爱你了,请你让我恢复平静的生活好吗?"

"你听我说……如果不是你家里条件那么好,我也不会借那么多钱。我就是想配得上你而已……请你想想,就算曾经我的想法很幼稚，但我也真的是为了你；至于苏梦琪，我真的没想和她怎么样，只是后来为了还钱才骗她……至于她后来伤害你，也是因为她太不理智了，这些都不是我叫她做的！我知道后，我真的特别生气……当我知道她伤害你的那一刻，我就已经后悔了……"

"你根本就是在给自己找借口和说辞。如果没有你，我和苏梦琪的关系也不会破裂，吴笑琳和白紫曦也不会选择远离我！黎俊贺，你到底还想狡辩些什么呢？我求求你……放了我吧……我只是想让这一切尽快结束而已，就这么难吗？"

黎俊贺仿佛失去了理智一般，突然抓住我的肩膀，对我大声喊道："求求你！秋妤！我只求你别离开我！从你昏迷那一天起，我就知道我错了……我彻彻底底地错了。我是真心爱你的，你知道的！后来我就没再和别的女人聊过天，我也没有交过别的女朋友……你可以去问，你可以去查！这些都是真的！我是认真的，我只是太爱你了……"

"你简直就是个疯子！我觉得你才应该去看心理医生！"我有点被他吓到了，很想把他推开，但是力气远远不如他。

就在我以为我的肩膀快断了的时候，方承景从对面马路跑了过来，推开了黎俊贺。

他把我挡在身后，对黎俊贺怒斥道："你不要再骚扰秋妤了，她现在是我的女朋友。"

黎俊贺看见方承景护着我，冷笑道："呵，原来和我分手是因为高攀了别人？怪不得咱们约会的时候总是和他发信息，我背着你删了多少条，可惜你们还是在一起了。冷秋妤，你是不是压根就没喜欢过我，或者说，你打心眼里就看不起我？"

"我喜欢过你，但是你做的事情我真的无法接受。"

"她曾经的那些伤痛全部拜你所赐，你应该知道你到底对秋好做过什么。现在，我请你离开，否则，别怪我不客气。"方承景对他警告道。

"好。我记住你了，是你抢走了我的秋好，我会让你付出代价的。"说完这句话，黎俊贺便悻悻地离开了。

我有些被吓住了，手心一直在冒汗。我不知道他为什么还要缠着我，甚至并没有感觉到丝毫的愧疚。

"你没事吧，秋好？"方承景把我抱在怀里，对我安抚道。可我仿佛失去了所有的力气，紧接着便晕了过去。

"秋好？秋好！"在闭眼睛之前我听到了方承景焦急呼喊的声音。

……

我好累啊，此刻的我只感觉到浑身酸痛。

我仿佛在梦里，又仿佛在现实里。我在一条昏暗的走廊上行走着，根本看不见方向，也看不到光明。

前面有一扇门，透着一丝亮光。我很艰难地走到了那扇门前，吃力地打开了它，在门背后的是一个男人，他的头发有些花白，但是背影很高大。他慢慢地转过头来，对我微笑着，仿佛用唇语和我说了一句：秋好，你要好好地善待自己，爸爸会一直爱着你。

我很想从背后抱住他，不料他一闪而过，在我的面前消失了……

……

"爸爸……爸爸……你别走……"我大声地喊，泪水划过了脸颊。

"没事吧秋好？"关切的声音明显来自方承景，他手上的温度我依旧记得,"你是梦见你爸爸了吗?"

"我……我这是在哪里……头疼……"我捂住了自己的脑袋,好像终于从梦魇中挣脱出来了。

"这是在医院啊。秋好,你都昏迷两天了,如果你再不醒,我就把黎俊贺那个小子暴打一顿,带过来给你解解气。都怪我没有保护好你,让他又来找你。"

"我没事,只是觉得浑身酸痛、无力……"

"医生说你可能是惊吓所致,但是基本上没什么问题,身体机能都正常,只需要调节好心情就行。这次也多亏了郑凌,你晕倒后,她也到了店里,是我们一起把你送到的医院。"

"她……"我抿了抿嘴,现在的我已经不能判断这个女人到底是好是坏。

"秋好,有个好消息,我查到了关于郑凌的身世。"方承景拉着我的手,对我轻声说,"不过我害怕你会情绪失控。"

"你说……我可以的,我还能挺得住。"我咬着嘴唇,对方承景确认道。

"郑凌确实和苏梦琪有血缘关系的,而且她们是双胞胎姐妹。"

"什么?果真如此?但是我奇怪的是,为什么苏梦琪没有和我说过这件事情。按说我们认识这么久了,如果她真的有亲姐妹,我是该知道的。"

"可能连苏梦琪都不知道这件事情。"方承景做出了解释。

"此话怎讲?"我缓慢地坐了起来。

"是这样的,郑凌的原名叫苏梦羽,是苏梦琪的姐姐。她一岁的时候就过继给了另外一户人家。听说当时苏梦琪家很穷,负担不起，所以就把姐姐给了他父亲很好的一个朋友，那户人家姓郑，所以改名郑凌。"

"那郑凌突然出现在我的身边是巧合还是别有目的？"

"至于这个我就不太清楚了。我觉得你可以去问她，你可以把你知道的事情都告诉她，看看她什么态度。如果实在不行，你就离开花店，让她再也找不到你，反正你还有我呢，我会一直保护你的。"

"好的，那我抽空去问问她。"

一个下午我都在反复思考这件事情，我要想明白该怎么和郑凌开口讲这件事情，她是否愿意和我坦白。

我从医院出来以后，便一直住在方承景的家里，因为我做了一个非常重要的决定，就是嫁给方承景。

订婚这件事我也和刘莉华说了，而方承景也和他爸爸说了，他爸爸这两天就要赶回北都。

休息了大概一周左右的时间，我就回去花店上班了。

这期间方承景一直劝我，让我好好休息，不用着急上班，他说可以养我一辈子。虽然之前我和刘莉华的日子过得很艰苦，但也是脚踏实地地生活着，有苦也有乐。曾经有钱人的日子虽然也会想念，但是钱是自己挣的才踏实。

我来到了花店，花店老板娘对我笑着说，"秋好，你还好吧？如果身体不舒服可以和我说。其实你也不用勉强，你的事情我是知道的，我也答应过你妈妈会好好照顾你的。"

"谢谢老板娘，我会好好干活的，你放心，只要不是身体的原因，我肯定不会掉链子。"

中午的时候，我鼓起勇气，拿了一盒月饼递给了郑凌，并对她说:"郑凌,我想和你聊聊,你现在方便吗?"

她有些受宠若惊地看着我,"方便方便,你想说什么就说吧。"

"我知道你是苏梦琪的亲姐姐,你其实不用隐瞒我了。"

"我……"她低着头没说话,一直在咬嘴唇,双手紧握着。

"你没必要再瞒着我,不如敞亮说出来。"

"呃……你是怎么知道的?对不起,我不是故意要骗你的,因为我害怕你知道我来的目的,你就会离职。"

"你的目的到底是什么?为什么每次你在的时候,我都会感觉自己不是被伤害,就是陷入危险之中,那些全部都是你刻意而为的吗?"我非常不理解过去发生的种种,我很想知道答案。

"我是真的想帮你的,请你相信我,我对你绝无坏心。那个下雨的夜晚,你晕倒了并不是我故意要吓你的,那天确实是正好停电,我因为忘记带家里钥匙了才返回来的,没想到你看见我就昏过去了;包括徐丽红诬陷你偷东西那日,我是真的想帮你,我当然相信你没有偷徐丽红的戒指,当时我也不知道为什么戒指会在我的包里,可能是那天收拾桌子不小心掉进去的,又或许是徐丽红不喜欢你故意陷害你的……因为当时我记得她和我说过,你把她的固定客人都抢走了;后来你去给客户送花遇到了变态,那个事情老板和我说了,我当时提醒你是因为那块酒吧多,人比较杂,还好你没事……对不起秋妤,我也不知道为什么每次会那么凑巧,但我真的没有想要对你做什么,我是真心想和你做朋友。我承认刚开始接触你,确实是因为我是苏梦琪的姐姐,但是我对你没有任何的敌意……我知道你的事情后也很心疼你,所以请你不要误会我。"

"好吧,就算你说的都是真的,那你故意接近我到底是为了什么呢?"

"我来找你是我的亲生妈妈嘱托我的。苏梦琪入狱以后,我的亲生妈妈找到了我,当时我也很震惊,养我长大的父母居然是我的养父母……这些年,无论我亲生妈妈怎么问,苏梦琪都死活不说伤害你的原因,所以当她知道你醒来以后,希望从你这里得知原因,如果可以得到你的谅解……我知道要求你接受这些很难,但是也请你好好考虑一下。"

"原来如此。"看来我们的目的是一样的,都是为了弄清楚整个事情的过程,"你说的这些我会考虑的,如果我能做的话我会告知你。"

"秋妤,说真的,我和你相处的过程中发现你是个特别坚强乐观的女孩子。虽然你经历那样的事情,但是我觉得不是你的问题,你也不要管别人怎么说,你要勇敢起来,从过去的阴影里慢慢走出来,你长得也好看,喜欢你的男孩子肯定很多,我相信你会遇到真正爱你的男人。"

"我会振作起来的。但是如果你刚开始就坦诚告诉我你来的目的,我也不会这么惶恐了。"我摇摇头,很无奈地说。

"不好意思,请你原谅我的隐瞒。"她拉起我的手,对我诚恳地道歉,"我害怕你会直接离职,但我从未想过要伤害你,我一直都想要保护你的。"

忙完了一天的工作,我便去找方承景了。

看见我来了,他便热情地对我说:"秋妤啊,你等我收拾一下马上就走。"

"不着急。正好我玩玩游戏,最近在玩一款手游,还挺好玩的。"

"最近心情不错嘛，还玩起游戏来了，果然和我刚给你诊疗的时候不一样了，看来我们的治疗确实是有效果的。"方承景微笑地对我说，"秋妤，你再看看你头顶上面的那幅画……现在有什么感受吗？"

"那幅画……"我记得之前他就问过我这幅画，曾经的我告诉他我觉得画中的女子是在黑暗中跳舞。

"现在我觉得，她是画中唯一的光芒……虽然周围都是黑漆漆的，但是她的裙子是黄色的，是画中唯一温暖的色彩。就算一片黑暗，自己也要保持着优雅的姿态。"

"秋妤，我觉得我们的治疗马上就快结束了。"方承景坐到沙发上抱住了我，怜爱地摸了摸我的头发，"你最近还胖了一些呢，我记得第一次见到你，简直骨瘦如柴。现在的你气色也红润了，比过去更美了……"

"谢谢你，如果不是遇到你，或许我还在阴影里走不出来，可能我依旧觉得明天是灰暗的。你就像是黑夜里的那盏明灯，照亮了孤独的我……"我拉住了他的手，主动亲吻了他的额头。

"秋妤，你明天要不要去看看你爸爸？"他对我提议道。

"我爸爸的墓地在哪里？"我有些疑惑。因为自从我醒来以后都是从别人那里了解爸爸，刘莉华也并未带我去看过爸爸的坟墓。

"就在北都的郊区，我可以带你去。"

"好。"我很想去寻找爸爸的踪迹。

他开着车带着我，我们来到了一片陵园。这里背山靠水，一看就是风水宝地。这个陵园是当时爸爸为我妈妈选的，如今刘莉华选择将我的爸爸妈妈合葬在一起，石碑上面写着——冷午英与爱妻陈嘉艺之墓。我很是感动，我想以前或许是我误会了她。

"你来过这里吗？"我对方承景问道。

"来过。我从英国回来以后，每年都会来祭拜师父与师母。我曾经幻想着可以带你一起过来，现在这个愿望终于实现了。"他紧紧握着我的手，让我感受到前所未有的安全感，"我想，这也是你爸爸的愿望吧。"

"谢谢你，一直来祭奠我的父母。我没想到我的继母会选择让他们合葬。"

"你的继母是个好人，她只是太爱你爸爸了而已。她一生没有孩子，也确实是把你当作她唯一的亲人。如今，你也应该释怀了，如果有机会可以孝顺她，你觉得呢？"

"是啊。"我感叹道，我居然到现在才后知后觉，"承景，你说得对。之前是我不懂事，误会了她很多事情。通过这些日子的相处，我觉得人如果想要真正地去了解另外一个人真的是一件不容易的事情，是需要花时间的，很多事情确实是和我想象中的完全不一样。曾经的我实在是太幼稚了，只在意自己的感受，希望我现在弥补还来得及。"

我蹲下来，望着爸妈的墓碑。上面的照片是他们年轻时候的样子。他们笑着，仿佛在对我说："秋好，你一定要好好活下去。"

我们一起离开了陵园。就在要上车的时候，一辆黑色的车朝我们冲了过来。我下意识地把方承景拉到一边，结果由于用力过猛，我们双双倒在了地上，而那辆黑车直接把方承景的车撞到了护栏边上。我知道，这辆车是冲我们来的，因为我看到了驾驶座上的黎俊贺。

| 第十二章 爱 |

就在我惊魂未定时,方承景立马把我从地上拉了起来,对我轻轻地说:"没事吧,秋妤?"

"没……没事……"我赶紧也检查了一下方承景。

与此同时,黎俊贺从黑色的车上缓缓地走下来,并对我们说:"呵,今天算你命大。没想到秋妤居然会舍身救你……"

"你疯了吗!?"我对他怒吼道,"你到底还想做些什么?到底怎样才肯放过我?"

"不,我的秋妤公主,我只是恨这个男人从我身边把你抢走。"他依旧不知悔改,"如果没有他,你肯定还在我身边,你是不会离开我的。"

"黎先生,我的车上是有行车记录仪的,这些我都会交给警方和律师。"

"随便你,我就是想让你知道,你抢了我的女人是什么后果。为了她去坐牢我也在所不惜。"而后他转头对我说,"秋妤,我不会伤害你的,你只属于我一个人。"说完这句话,他便上了车然后走了。

方承景尝试把车子开启,但却失败了。我们只好叫来了救援车。

这一路上方承景都紧紧地握住我的手,虽然没怎么说话,但我能感受到他的温度,是那么的炙热。

到了市里,他便让我在家等着他,他要去处理这件事情,让我什么都不要担心,一切都有他在。

我点了点头,相信他能处理好我和黎俊贺之间的事情。我一个人在他家里昏昏沉沉地睡下了,直到听到方承景的声音。

"秋妤,你睡着了吗?"方承景低声问我,"我刚才去警察局做了笔录，也联系了律师，足够让这小子吃一壶的。但是如果你不想我这么做，我可以与他和解，但是我要保证他不会再来骚扰我们了。"

"说真的，就算我曾经和他在一起那么久，也不曾真正了解过这个人。我不知道他究竟想要的是什么，我已经被他害得够惨了。"

"我想先单独约他出来聊一聊。"紧接着方承景便单膝跪地掏出来了一枚戒指，深情地对我说，"秋好，我这个人不会说太多的甜言蜜语。但是谢谢你能够信任我，把最宝贵的东西给了我，我这辈子都不会欺骗你与辜负你。希望你能嫁给我，可以吗？"

我捂住了嘴，沉默了，此时我的眼眶湿润了，鼻子也有些酸酸的。

我确实是被感动了，但我没想到他会这么快和我求婚。虽然我们在一起没多久，但是进展很快。我也能够很明显地感觉到方承景的热情，这段感情让我感觉到很踏实，很有安全感。

"今天是你的生日，或许你已经忘了吧，毕竟这天对于你的意义非同小可。我给你买了礼物和蛋糕。"

"我的生日……"我喃喃自语道。

在我的心里，这一天是噩梦的开始，也是美好的结束。如果上天可以让我选择，那么我必定不会再过生日了。

"我给你准备了蛋糕，还有一件连衣裙。我找了好几家店才买到的，你穿上一定好看。"方承景从柜子里拿出来了一个礼盒，礼盒包装得很精致，他从里面拿出一件粉色的连衣裙，上面有着精致的蝴蝶结，还镶着钻，一看就是一条很贵的裙子。

"谢谢你了。"

方承景一把搂住了我的腰，对我说："以后都由我守护你，绝对不会再发生之前的事情，也谢谢你今天救了我。"

他紧紧地把我抱在了怀里，而后我们便来到了客厅，看到了一个精致的蛋糕。

"秋妤，你闭上眼睛许个愿吧。"

"嗯。"我点了点头。我想这不仅是这些年来我过的第一个生日，更是最踏实的一个生日了，因为身边有方承景的陪伴。

"你会一直快乐幸福下去的，因为我会一直陪着你。"

我闭上眼睛，许了个内心期盼已久的心愿。

我凝望着夜空，今夜非常宁静，天空上挂满了星星，格外的亮眼，我想此刻在天上的爸妈一定化作天使在默默地守护我吧。

现在的我非常幸福，因为有方承景陪着我。我再也不害怕未知的事情，因为他给了我前所未有的勇气。

如果你一直陪伴在我身边，就算是遇到再难过的事情我都不会怕了。

第十三章 会

我紧紧握着方承景的手,很踏实地睡着了。醒来后,我发现他在书房里打电话,门半掩着。虽然我听不清他到底说了些什么,但是能明显地感受到他的情绪很激动。

当他发现我后便挂了电话,并很开心地说:"我父亲到北都了,我先去诊所上班,晚上我们一起去吃个饭吧。"

"好的,你把地址发给我,我会准时到的。"

第一次见未来公公还是挺紧张的,感觉还是需要好好打扮一下,这样显得重视一些。我特意去化了个妆,做了个头发,把方承景送我的粉色连衣裙穿上,然后再穿上高跟鞋。看着镜子里的自己,虽然有些瘦弱,至少看起来活力满满。

可我刚出门时,许馨出现在了我面前。

"冷小姐,方便借一步说话吗?"

我看了看手机,发现快到约定时间了,便对她说:"许小姐,我还有别的事情,赶时间,麻烦你长话短说。"

"冒昧前来打扰你了,但是有些话我确实是想和你说明白的。"

"好吧。"我看了看手表对她说,"不过我只有十分钟,我一会儿还有事情,我们就在附近的咖啡厅吧。"

到咖啡厅后,她摘掉了墨镜。我是第一次这么近距离看她。她的气质很优雅,说话声音也很甜美,作为一个女生,我都很难挪开眼睛。

"冷小姐,我知道方父因为你们要订婚的事情从英国来了。"她开门见山地说,"我知道我再说什么也挽回不了现在的局面了,还有方承景要娶你的决心,但是有几句话我还是要对你说的。"

"其实……"我停顿了一下,"今天早上是你给承景打的电话吧?"

"你怎么知道?"她很不解地问我,可能没想到我会知道。

"我猜的。他的情绪很激动,我就知道是你又来找他了。说吧,你今天来找我到底想说些什么?"

"冷小姐是聪明人。当然我也知道他从未爱过我,他的心里只有你,我从几年前便知道,那天你突然出现在餐厅,我就知道我和他真的要结束了。但是我曾经还是想要证明,我和他认识的时间更久,感情更深。但感情不是这样的……比的不是时间,而是感情或者是第一感觉吧,后来我才明白这个道理,可惜已经无济于事了。"

"所以……"我完全不能理解她为何要找我说这些。

"我今天想提醒你的是,其实你和方承景之间还是会有隔阂的。我建议你不要去赴约,更不要和他订婚,否则你一定会后悔的。"

"什么意思?"

"冷小姐，我没有想要刺激你或者是威胁你的意思，只是具体的事情我也不方便透露。如果有一天你想清楚了，就请你把方承景还给我……我会一直等着他的。"说完这些话，她便重新戴上墨镜，拎着包离开了，只剩下我一个人在原地愣神，直到方承景打电话催我，"秋好，我们已经到餐厅了，你在路上了吗？"

"嗯……我马上就过来。"现在的我虽然很迷惑也很不解，但是我没忘记自己要做什么。

我打了辆车准时到了餐厅，餐厅是中式的，给人一种庄重的感觉。

我推开了餐厅包间的门，方承景和他的爸爸正坐在那里交谈。他们看见我后很热情地站了起来，方爸爸主动伸出了手，对我说："你好，秋好，好久不见。我记得小时候我还给你送过小裙子呢，你小时候像现在一样可爱、漂亮，怪不得我们承景这么喜欢你。"

"方叔叔，您好，好久不见了。虽然那个时候我还小，对您没什么印象，但是我听方承景说了，您是我爸爸的好朋友。"

"嗯……是啊，我是你爸爸的老朋友了，你爸爸离开时我也很悲伤，可惜我人在英国，只能让景儿代替我了，现在我终于能回来看看我未来的儿媳妇了。"

"谢谢您抬爱。可惜我爸妈都已经离开，只剩下我自己了……"

"是啊，真的很可惜……不过，现在这一切都过去了，以后我们方家就是你最坚强的后盾，我和承景就是你的亲人。"

"谢谢您……"我眼眶有些湿润了。

"好了，咱们别站着聊了，快入座吧。"方承景对我们招呼道。我虽然也有些害怕他爸爸会不喜欢我，因为方承景本来就有个未婚妻，而且今天她甚至还知道我要去做什么，话里话外也透露着对我的威胁。

"说到这里，我想起来了，馨儿的事儿你处理好了吗？"没想到他爸爸当着我的面提起了这件事情。

"爸，我早就和她说过了。我们只是一起长大而已，您也知道我从未对她动过心思。希望您能理解我……"

"嗯，你也长大了，有些事情我也不便参与，你自己要处理好。"

"爸，您放心吧。"

"不过我对秋妤很满意，都这么久没见面了，但我还是很有亲切感。"

"谢谢叔叔。"

"秋妤，"方承景突然叫住我，有些不好意思地说，"现在可以叫爸了呢。"

"哈哈哈。不着急、不着急，等你们完婚以后再改口也可以。"方爸爸摆了摆手对我慈祥地笑道。

整顿饭吃得还是很温馨的，临走前，方承景对他爸爸说："爸，我和秋妤回去了，婚礼我和秋妤都商定好了，我们定在了下个月的8号，到时候您准时参加就行。

"好的。我知道了，不过，还有点事情我想和你单独说下。"

"那我先去车里等你，你们先聊。"

"好的，秋妤，车就放在门口左边，这是钥匙，你先过去，我马上回来。"

我在车里大概等了五分钟，他面色凝重地回来了，我问他怎么了，他却对我说："没事没事，爸和我说了些别的事情。"

| 第十三章 会 |

"和我有关系吗?"我有些担心。

"没有什么太大问题,我会一辈子对你好的,请你相信我,秋妤。"方承景牵住了我的手,坚定地对我说。

"对了,"我突然想起了许馨,"你的前女友来找我了。她还和我说了一些别的事情,听得我有些云里雾里的。还有,今天早上是你在和她打电话吧?"

"她来找你做什么?她到底想干什么?"方承景十分愤怒地说,"我今天没和你说这件事情就是怕你担心,我和她已经说得很明白了。你放心,我不会再让她来找你了。"

"没什么,我相信你会处理好一切的,我想可能她只是妒忌吧。"

"秋妤,你要相信我,我的心里只有你,这辈子也只有你一个。"

……

从那天以后,我和方承景的关系越来越亲密了,我们每天都会待在一起,他一下班就会来找我,和我腻在一起。他也学会了一些笑话,会学着逗我开心,甚至也会开始讲一些土味情话。也许因为心理负担没有了,所以我的记忆恢复得差不多了,也放下了很多事情,甚至想修复我与刘莉华的关系。

这一天下班,我回到了刘莉华那里。她给我做了一桌子的菜,看见我回来很是开心,对我说:"秋妤,你终于回来了,欢迎回家。"

"妈妈。"我轻声叫了她,其实内心是十分害羞的,因为我出事之前从来没有叫过她一声妈妈。

她愣住了,然后露出很惊讶的表情,"秋……秋妤?你叫我什么？"

"妈妈。"我又重复了一遍，脸上带着微笑。

"喔，天呐，我以为你会恨我一辈子，因为我在你失忆的这段时间欺骗了你。但是我真的有苦衷，我只是想感受一下做妈妈的快乐而已，虽然日子很苦，但我也把我仅有的积蓄都给了你，你应该知道我已经把你当作我的亲生女儿对待了。"

"你说的这些我都知道、我都清楚，你不用解释……在我心里，虽然你不是我亲生的母亲，但是通过这些天的相处，我可以感受到你对我的真心实意。以前是我不了解你，对不起……爸爸没看错人。现在的我，已经把你当作我的妈妈了。你是我在这个世界上唯一的亲人了。"

"秋妤……"她突然潸然泪下。

"好啦，别哭了，以后我都叫你妈妈好不好。"我抱住了她，递给她纸巾，"妈妈……"

"好，好。秋妤，我的好闺女。"

"妈妈，尽管大部分记忆我都恢复了，但密码我还是没有想起来，不过等我想起密码以后，我会把遗产给你一半，这个是我答应你的。我想爸爸也是这样考虑的。"

"这个都没事儿，我也不着急，这些年我都等了，还害怕这些时日吗？我嫁给你爸爸以后很久没有工作了，但是你醒来以后我又重新开始工作了，虽然很忙很累，但是钱都是自己挣的，也踏实。"

"嗯，我和方承景的婚礼日期定了，就在下个月8号，我想邀请你参加我的婚礼。"

"孩子，你确定要嫁给他吗？你真的爱他吗？"妈妈对我问道。

"妈妈,你怎么这样说呢?"

"没……没什么,只是我觉得婚姻对于女孩子来说是一件大事情,你一定要考虑清楚。"

"他是爸爸喜欢的人,我想爸爸一定不会看错。"

"之前你不是说要去找你爸爸的合伙人李杰吗?你去找了吗?"

"还没有呢。我打算这两天去拜访他一下。"

"那你去吧,去查清楚所有事情。虽然你的父母都不在了,但是我也要和你说清楚,女孩子的婚姻很重要,如果你真的确定无论发生什么,都要和他在一起,能够包容与接受他的一切,那你就嫁给他。"

"我会的。我确定我真的很爱他。"我对妈妈保证道。

"希望你可以爱到,包容他的一切的一切……"

回到方承景的家里,我的面色有些凝重。方承景似乎也看出来我有心事,便对我问道:"怎么了?见到刘莉华不开心了?"

"那倒不是……"

"你仔细和我说说,她都与你说什么了?"方承景露出有些不安的神情,"是关于我的事情吗?"

"嗯,她只是让我考虑清楚而已,但是她似乎也十分开心。或许她只是觉得婚姻是件大事情,让我考虑清楚而已吧。"

听到我说完这句话,方承景好像松了口气,"那就好,那就好。"

"嗯……我当然信任你。我被伤害了这么多次,但是遇到你以后,我还是可以无条件地去信任你,我也不知道这究竟是什么原因,只有你才能让我感觉到安心。在你的身边,我才不害怕没有明天。"

"因为我们是上天注定的缘分,不会有任何人把我们分开的。"他说完这句话后亲了我的脸颊一下,"对了,还有一件事情,是关于黎俊贺的。我找他好好谈了一下,他暂时不会再来打扰我们了。"

"是吗?你打算不追究他的责任了吗?"我还是十分疑惑,黎俊贺那么轴的人,是怎样和方承景谈妥的。

"还没有,只是我们做了一笔交易。至于是什么,你也无须知道,只要知道我一切都是为了你就好了。你暂时不用担心他会纠缠我们了。"他摸着我的头发,对我说。

"好的。希望一切都能进入正轨吧。"我松了口气,希望这一切真的如方承景说得那般,我是这辈子都不想再见到那个人了。"对了,我明天想去见一下我爸爸之前的合伙人,他叫李杰。有些事情,我还是需要找他了解清楚的。"

"好的,不过我听说这个人还挺忙的,不知道你明天能不能顺利见到他……"

第二天,我直接去了李杰所在的公司。这个男人因为曾经受到了我爸爸的恩惠,所以事业一路都是顺风顺水的。

到了前台,我便问前台的姑娘:"您好,请问李杰先生在吗?"

那个前台打量了我一下,便站了起来对我说:"您好,请问您有预约吗?我们老板今天不在。"

"哦……李杰先生什么时候回来呀?"没想到这么不凑巧,看来今天确实是问不成了。

| 第十三章 会 | 173

"不好意思,具体时间我也不太清楚。不过您可以留下您的联系方式,如果他知道您的话,会主动联系您的。"

"好,那麻烦给我张纸,我写下来。"

我刚写完,方承景的电话就打来了,"怎么样了秋妤?你找到他了吗?"

"没有,前台说他不在。"我很泄气。

"没事秋妤,我可以帮你联系他。之前我和他有一面之缘,也留了他的电话,我先问问,晚点给你回复。"说完,方承景便挂了电话。

回到家后,方承景对我说:"我帮你联系他了,不过他现在确实是不在北都。"

"那他什么时候回来?有些话我觉得见面说比较好一些。"

"他说他下个月8号。"

"什么?是我们结婚那天?"

"是啊……他说他会来参加我们的婚礼的,顺便来见你。不过我觉得你爸爸的事情你也别着急了,毕竟之前已经结案了,你爸爸临走前也说不让再追究了,我想你也查不到什么其他证据了吧……"方承景对我安慰道,又习惯性地摸了摸我的头发,"好了,你就先好好准备婚礼吧,看看有什么要提前买的,刷我的卡就行。"

……

我把我们的回忆放在心底的最深处,如果你知道我最难过的秘密,你是会选择心疼我还是会离去。

第十四章　答

　　自从那天和郑凌说开了以后,我便和她成了无话不说的好朋友。我想这是我克服内心恐惧的第一步,虽然她有着和苏梦琪一样的脸,但是想法与苏梦琪是完全不一样的。

　　其实如果我和苏梦琪的中间没有黎俊贺的存在,这一切也都不会发生,甚至我们依旧还是很好的朋友吧。

　　但她们姐俩的性格和想法截然不同,苏梦琪的心思是细腻的,不善于表达自己;而郑凌是开朗的,外向的,大大咧咧的。

　　这天郑凌答应我,等下班以后带我去见她的妈妈。我想我也应该和她的家人见一面了。我插好了一束花,准备送给苏梦琪的妈妈。

　　苏梦琪的妈妈确实是如白紫曦她们所说,住在特别偏远的郊区。

　　郑凌敲了敲门,一个满头白发、瘦弱、看起来有六七十岁的女人给我们开了门,我想她就是苏梦琪的妈妈,但按照苏梦琪所说,她妈妈应该只有五十岁左右。

"你回来了？"她用沙哑的嗓音淡淡地说了一句。

"嗯，妈，冷秋好来看你了。"

"她？"苏梦琪的妈妈有些惊讶。

"您好，我是冷秋好。"我把鲜花递给了她。

她诧异地接过了鲜花，大概过了五秒钟终于回过神来，并对我说："冷小姐您进来坐吧，我实在没想到您会来。"

我和郑凌坐在了沙发上，她妈妈给我们倒了杯水。而郑凌一直紧握着我的手，对我轻声说："别害怕，她就是看起来有些严厉，人还是不错的。"

"小凌，你说你带冷小姐过来也不提前和我说一声，好让我有些准备。"

"对不起妈，是我太激动所以忘记了。"

接着她转过头来对我缓缓地说："冷小姐，之前发生了那样的事情，我替梦琪给您道歉。我想您应该也知道了我让郑凌接近您的目的吧，其实我们也没有什么坏心，只是我知道了您苏醒的消息，很想知道发生这一切的原因，因为之前梦琪死活都不愿意和我们说，我之前也请了律师想替她辩护。还有最重要的一点，我希望您可以帮帮我，我想快点见到我的女儿……"话音刚落，苏梦琪的妈妈就跪了下来，然后哽咽着说，"您看看现在我家里的这个环境和状况，想必您也知道……我老公去世了，我女儿也进监狱了，我一个人承担了所有的债务。我现在最大的梦想，便是和梦琪还有小凌团聚，我们母女三人坐下来好好吃顿饭……求求您，您看看您能不能帮帮我。"

"妈……"郑凌有些心疼地叫了一声。

"别，您别这样……我受不起的。"我立马上前打算扶起她，但是她依旧哽咽着。

"对不起……真的对不起……我知道我们罪孽深重,但是也请您大人有大量,我相信事情的前因后果您也该知道的……如果我们都各退一步,我希望我们都能过好下半生。"

"好好好……我知道您说的这些,今天我来呢,也是想要见苏梦琪一面。如果有些话可以说开,那么我可以尽量帮您。"

"我相信您所承诺的,也谢谢您能原谅梦琪……我这就去联系警官。"

"您大概还不知道事情的起因吧……"

"我想梦琪这样做,大概是因为她爸爸的事情吧……"

"您觉得这件事情有这么简单吗?"

"那是?"苏梦琪的妈妈用疑惑地眼神看着我,"我知道的确实不多,到最后梦琪都没有说出真正的原因,她只是说所有的结果都她自己受着。"

"我醒来以后就开始调查我和苏梦琪之间的恩怨。其实我和苏梦琪之间是因为一个男人,才变成今天这样的。"

"男人?请问您说的哪个男人?"苏梦琪的妈妈眉毛一挑,似乎想起来了些什么。

"嗯,大致情况我和您说说,您应该就清楚了……"我和她一五一十地讲出事情的经过,而她则是再次泪流满面,十分后悔自己没有多关心苏梦琪的事情。那个时候她只知道打麻将,回家看电视剧,一直忽略苏梦琪的内心世界。

拜访完苏梦琪的妈妈,我觉得轻松了很多。很多事情本来怎么苦苦寻觅都是没有答案的,但是到了后来又突然峰回路转。

……

这些天我满怀期待地等待着婚礼的到来。我知道,女人一生最重要的便是嫁人的那一刻,似乎能够集齐众人的目光,也是最幸福的时候,尤其是嫁给最心爱的那个男人。

大概过了三四天,我终于等来了可以见苏梦琪的消息。

那天我穿了一件白色的衬衫搭配格子裙子。我想,如果再次见面,我一定穿着她送给我的衣服。那些与她之间的回忆我确实是怀念的,但我也知道我们再也回不去了,无论曾经多么深厚的友谊,事情发生以后总是会有裂痕的。

去找苏梦琪之前,方承景一直让我内心做好准备,如果听到苏梦琪说不好听的话,千万别生气。这一路上我都很忐忑,我始终没想好见到苏梦琪究竟该说些什么。

是该说:嗨,好久不见?还是该说:呵呵,我没死,你觉得可惜了吧?

我怀着忐忑的心情到了监狱,当苏梦琪戴着脚链子、手铐出现在我面前时,我还是震惊了。她瘦了很多,我想进去以后她一定和我曾经一样,吃不好也睡不踏实吧。

她一直低着头,不敢看我。她的头发剪得很短很短。曾经她也和我说过,自己最爱的便是长头发了。

"苏梦琪。"我轻声叫了一下她。

"你有什么话就直说吧,毕竟探监的时间并不多。"她丢了几个字给我,嗓音有些沙哑。

"我刚醒来那段日子就想着来看看你,但是你拒绝了。为什么今天……选择见我了,是因为你的妈妈吗?"

"不是,因为我突然想通了,我也想见见你了。如果我不想,她说什么都是没有用的。"她突然抬起头来看着我。她的眼睛里布满了血丝，双眼红肿。

"我一直以为你是个十分固执的女生。"我对她的回答表示很惊讶，"自从我被你捅伤以后就一直昏迷着，当我醒来那一刻，却什么也想不起来……不过我听所有人说，全部是不知道你捅伤我的原因，而你始终没有为自己辩驳。"

"对。因为我觉得，我没错。但是这五年，我也始终停留在捅伤你的那刻，我看到你那绝望的眼神，我突然发现，或许你从来也不知道我为何要捅伤你……直到前几天，我妈妈说，求我见你一面，让我早点出来和她团聚。我才知道这些年我的倔强，真的是个笑话！是个笑话啊……我到底在坚持些什么呢……"她低着头，情绪有些激动，好像想哭又哭不出来的感觉。

"其实我开始想来见你，也是想知道原因和事情的经过。但是通过这些日子我才发现，我们都被骗了……被骗了……"我的手有些颤抖，我的激动不只是因为我被苏梦琪伤害了，更是我们心中不可磨灭的阴影……而伤害我们的人，却没有得到任何的惩罚！

"被骗了？冷秋妤，你在说什么？！你可以说清楚一点吗！"苏梦琪突然站了起来，扒住了玻璃对我吼道。

我很明显感觉到了她的迷茫和不知所措。狱警赶紧扶住她，让她坐好，不要情绪激动。

"你冷静一些，苏梦琪。"

"什么？你到底在说什么？"她用疑惑的眼神，睁大眼睛看着我。

"你一直喜欢的人是黎俊贺对吧？但是你始终没和我讲过。到了最后我才发现，我真是个傻瓜。如果我能早点发现……或许就不是今天这个结局了。"

"对，是的。我确实是喜欢他，但是你一直没发现是因为你太自我了，根本不去在意别人的事情，我之前有意无意地和你透露过一些，可惜你丝毫没有发觉！"

"可是苏梦琪，我本来就是这样的人，这也是我们能够成为朋友的原因，你有什么事情可以直接告诉我，但是并不代表我是个自我的人。我们是好朋友，但是为什么所有的事情你都要让我猜呢？如果你告诉我这件事情，我就会放弃和黎俊贺在一起，我是永远不会背叛你的，因为在我心中你是除了我父母最重要的人。"

"好，所以呢？今天你来到底是想表达些什么呢？"

"我想告诉你的是黎俊贺他始终不爱你，也不爱我，我们都被他骗了！"

"什么……"她很激动地再次站了起来，"他不爱你？怎么可能……哈哈，你在开玩笑吧？他不是为了你什么都敢做吗？他为了你把我骗得团团转，这些……难道不是事实吗？"

"不，他骗你的钱只是为了买奢侈品而已，并不是给我！后来他还借了很多高利贷，这些事情我根本不知道，而他却把所有的锅推给我，因此让你迁怒于我！"

"什么……什么……你到底在说什么啊……"没想到苏梦琪到现在还相信黎俊贺说的那些鬼话。她的情绪非常激动，"他曾经还对我说过，如果没有你，他就会爱我，都是因为你的出现他才分了心，这也是假的吗？这些都是他骗我的吗？"

"是的，他为了达到目的才说的那些话。自从我醒来以后，他说他真心悔过了。但是，他始终不告诉我隐藏的秘密是什么。

| 第十四章 答 | 181

这些话都是吴笑琳和白紫曦告诉我的!如果你不相信我说的,你可以去问问她们。"

苏梦琪没说话,过了几秒钟后她抱头痛哭了起来,"都怪我……都怪我太相信他了……才变成现在这样……对不起……对不起……"

"苏梦琪……我知道这些的时候,也差点气得昏厥过去。甚至好想找黎俊贺讨个公道。如果不是他在中间做了这些事情,我们也不至于如此,我们都会有很美好的未来。可如今呢……我现在在花店打工,你却待在监狱里。我们都错了,错了……我们败给了青春,也败给了谎言。"

苏梦琪哽咽着,我想她应该能明白我说的话。她抬起头来,对我说:"谢谢你秋妤,告诉我这些真相。对不起……是我错了,我不该相信黎俊贺说的鬼话。你明明是我最好的朋友啊!我为什么……我为什么不相信你呢?"

"我曾经也悔恨过、绝望过,但如今我觉得我应该紧握着一丝的希望,也该给你带来希望。我们应该为了自己好好活着,不该为了某个人、某件事情。我原谅了你,你在监狱里好好表现吧,期待你能和你的妈妈团聚,她告诉我,她很想你……"

"秋妤……"她望着我,眼泪一滴一滴地掉了下来。

"梦琪,我们都别怨恨彼此了,都放下吧。我相信,我们的未来都会很美好,就像我们当初互相承诺对方的一样。你还记得那天刚入学的时候,你对我说过的话吗……"

"我记得,我始终记得。"

我们异口同声道:"如果青春是一个短暂的戏码,那么我们便全力以赴奔向未来;如果没有全力以赴,我们怎么会知道未来到底有多么美好？"

话音刚落，我和苏梦琪都破涕为笑了。

我记得和她在一起的那些美好时光，无关青春，只是那些温暖的片刻让我明白，除了亲情和爱情，友情也是难能可贵的。

我对苏梦琪摆摆手，和她告别。临走前，我告诉她我要结婚了，对象不是黎俊贺，另有其人。那个人对我很好很好，他等了我很久，我的爸爸也非常喜欢他。如果当时我的男朋友是他，不是黎俊贺，那么这一切或许都不会发生了。

她很欣慰地祝福了我。

见过苏梦琪后，我释怀了很多。这些天我和方承景一直在忙着布置婚礼，他全部都亲力亲为。

他为我量身定制了婚纱，还为我挑选好了水晶鞋，一切的一切，都是那么顺理成章，让我感觉到踏实与幸福。

方承景为我戴上项链，并对我说："这个项链是我爸爸在国外找艺术家定做的，他说你一定会喜欢的。"

我对着镜子看了一下这个项链，是个小天使，上面镶嵌了宝石。这个宝石的颜色很特别，是棕红色的。

"我爸爸说这个小天使很适合你，希望你可以忘记之前的伤痛，相信童话，重新活一次。"

"忘记之前的伤痛……再活一次……"我心里默念着这句话。

不一会儿，妈妈给我打来了电话，"秋好，这两天我发现了你爸爸一些东西，我想可能你需要。"

"好，我现在过去取。"

到了家，妈妈正在收拾东西。我便问她要去哪里，她说："我参加完你的婚礼就打算离开北都了。因为这里没有我留恋的人和事了。"

"这么突然？那你准备去哪呢？"我突然有些不舍，鼻子一酸，眼泪在眼眶里打转。曾经我也恨她为什么醒来以后不告诉我所有的真相，而是隐瞒我，现在我却发现自己已经开始依赖她了。

"去洛城。你随时可以来找我，我到了那里就把地址发给你。"她开玩笑地对我说，但是我能看出来她眼中的不舍得，"怎么啦？难道现在开始不舍得我了吗？"

"妈妈……真的谢谢你陪伴我的这些日子。"

"这都是我应该做的，现在我也算是功成身退了。对了，这个是你爸爸的东西。之前因为从大房子搬出来东西太多了，为了照顾你来不及收拾，现在好啦，我有时间收拾了，你可以好好看看。"她拿出一个纸箱子，然后递给我。

"谢谢你……我一定会去找你的。"

"你是我唯一的亲人，我的秋好，我会一直陪着你，不离不弃。"她抱住了我。

我抱着父亲的遗物回到了方承景那边，他看我抱了个大箱子便疑惑地对我说："秋好，这都是你爸爸的东西？"

"对，我好好整理一下……"

"嗯。不过今天我爸爸又和我说了一些话，听得我有些云里雾里的……我完全没弄明白他的意思……"

"什么话呀？"

"我爸爸说，他总觉得有些事情冥冥之中是注定的，他曾经不相信命运，但是现在相信了。"

"这到底是什么意思呢？"

"然后他说……我是他唯一的儿子,他虽然以前对我很严厉,但也是为了我好,甚至有时候忽略了我的感受。他要把公司交给我,让我管理。"

"你明明不善于管理公司呀?"我也有些不解,明明方承景志不在此,可他爸爸还是执意要这么做,"那你准备好了吗?"

"是啊,我之前从来没有问过他公司的事情,我觉得我就做好自己的事情就行了,那些事情本来就与我没什么关系,他爱给谁给谁。如今他突然说这些话让我真的有些想不明白了……"方承景坐在椅子上扶着脑袋,闭着眼睛揉着太阳穴。

"好了,你也别想那么多了,可能他唯一能信任的人只有你了。毕竟你家里这么大的公司,交接起来也需要时间,你也需要尽快适应。"

"其实,我根本没有什么雄心壮志,遇到你以后我就是想和你在一起而已,我才不管他的家大业大,我只要你,无论是天涯海角我都要和你在一起。之前我也想过,如果我爸爸不同意我们的婚事,还执意让我接管他的公司,那我就和你私奔,去一个他再也找不到我们的地方生活。"

"好啦,说什么傻话呢,你有着那么美好的未来,用不着和我私奔呀!"我刮了一下他的鼻子。

"可是你的未来……曾经不也一样美好吗?就算一切都没有了,我还在你身边。我要做你的家人。你是我苦苦寻觅的家人,你知道吗?"

"是的,你让我又重新充满了期待。"

爸爸的遗物里有很多我和爸爸的照片,合影中的我笑得很开心,有一张我还抱着他送给我的小熊。

童年时的我一直有爸爸的陪伴,但是随着爸爸的生意越做越大,他便越来越忙,陪伴我的时间也就越来越少了。不过周末他总是回家给我做饭吃,也会给我辅导功课。他告诉我,如果遇到了困难第一时间找他,因为他是我在这个世界上唯一的亲人。

我知道,爸爸最爱的人一直都是我。当时我并不理解"爱"到底是什么。直到刘莉华说出那番话我才明白,原来爸爸对我的爱是沉默与深沉的。

在爸爸遗物箱子的最底下,有一件衣服。这件衣服是用颜料彩绘的,但是颜色已经开始变淡还有些发黄了,而我清晰地记得这件衣服……

那年我还在上小学,学校举办了艺术节,老师给我们一人一件衣服,让我们在上面随便画,画完了便送给自己最爱的人。

我想了想,我最爱的人肯定是爸爸呀。我开始画了那只爸爸送给我的小熊,还有我和爸爸在一起拉手的样子。我很开心,我想如果把这件衣服拿回去给爸爸看,爸爸肯定喜欢。

我回家以后,发现家里一片漆黑。这个时候保姆从厨房里走出来,对我说:"哎呀,秋妤你回来了。不好意思我忘记开灯了,我以为你五点多才会回家。我在给你准备今天的晚饭呢。"

"我爸爸呢?"

"你的爸爸今天要晚一点回来,估计得十点多了。"

"好吧。"我很失望,因为我迫不及待地想把自己刚画好的这件衣服拿给他看。

终于到了十点多,爸爸推门而进。但是他喝了很多酒,状态很不好。

我把衣服拿出来递给爸爸,对爸爸说:"爸爸,这件衣服上画的是我们两个,你觉得好看吗?"

爸爸看都没看,而是说:"秋好……我不太舒服……你……你早点休息……"

"爸爸,你看看……"我有些不依不饶。

"好了!秋好!我都说了我很难受!你怎么这么不懂事儿呢……"他直接把衣服丢到了地上。

紧接着我便"哇"地哭了出来,自己跑回了卧室把门关上,痛哭了一个晚上。

第二天一早,爸爸敲门想要进来,"秋好?我的宝贝,你在吗?"

我还是很生气,背着身子不看他,对他赌气地说:"你……有事儿吗?"

"爸爸昨天对不起你。我知道你的心意,保姆一早就和我说了。昨天我喝多了不太舒服,你别生气呀……"

"哼,你根本就不在意我!"

"不,不是,爸爸最爱的就是秋好了。求求你开开门好不好?这样,爸爸送你一只狗狗,就是你之前一直管我要的那只,我现在就带你去宠物店买,好不好?"

"呃……"我有些心动了。

"秋好,你就原谅爸爸这一次吧,你看爸爸穿这件衣服好不好看?以后爸爸经常穿它好不好?"

"好!"我一口答应了他,赶紧开门抱住了爸爸,"爸爸,秋好最爱您了……"

……

第十四章 答

遇到你，我曾经以为是上天给我的惊喜。可如果从来没有遇到你，我的人生或许会更好一些。

第十五章　礼

我与方承景的婚礼如期举行。

在举行婚礼的前一天晚上,我翻来覆去地睡不好觉。可能是因为情绪复杂,紧张、焦虑、期待与兴奋,甚至还有些不安。

第二天凌晨我便醒了,喝了杯咖啡,坐着等天亮。五点多,外面开始下起小雨,淅淅沥沥的。

"秋妤,你想什么呢?"

"呃……没什么,正在发呆呢。"

"怎么了?看你无精打采的样子,是不是昨天没睡好?"他关心地问我,"你一会儿别紧张,我家这边也没什么特定的习俗,你就和我一起去婚礼现场就可以了。"

"好,不过确实是有点紧张,毕竟要来那么多人。我过会儿就开始梳妆打扮,化妆师来了的话,让她在门口等我一下。"

"哦对了,那个李杰来了。他说想见你,现在就在咱们家楼下,我要请他上来吗?"

"嗯,好的。"我点了点头。

"你们可以简单聊几句,我先去接我爸爸,大概半个多小时,等我回来咱们就去婚礼现场。"

李杰叔叔进了屋后,我们相对而视,他冲我温柔地笑了笑。

"秋妤,好久不见。"他轻轻地叫了我一声,眼眶竟然湿润了。

"李叔叔,真是好久不见。上个月我去您公司找过您,但是您不在,当时我还有点小失望呢。"

"你的身体好些了吗?之前遇到那种事情……我也很为你担心,还好你已经好了。"他握着我的胳膊,关心地说。

"我的身体好一些了,谢谢您的关心。"

"嗯,前段时间我确实是有点事情耽误了。因为最近我一直在调查一件事情,就在昨天刚刚有了结果。"他坐了下来,双手的大拇指一直在环绕着,看起来欲言又止的样子,"我不知道现在说是不是很唐突,我考虑再三还是决定来见你,我害怕如果今天不来我才是那个真正的罪人。谎言往往都是说给弱者听的,只有强者才敢于面对事实。"

"是关于我爸爸的吗?"我忐忑极了,似乎能感觉到一些事情在发酵着,关于他将要说的话,而我处于危险之中。

"是关于你爸爸的。今天是你结婚的日子,也真是巧了。我来之前一直在思考这件事情,该在你结婚之前还是结婚以后说,但是我想如果你真的结婚了还不知道事情的真相,可能会难过一辈子。如果当我阐明这件事情后,你还是决定嫁给他,那么我相信你就是真的爱他,这未尝不是一件好事。"

"您接下来要说的事情,是不是关于我爸爸公司还有他发生车祸的事情?"我对他问道,"如果是的话,您等一下,我要先把我爸爸的遗物拿出来。"

| 第十五章 礼 |

"是的。"他笃定地回答道。

就在李杰来之前,我想到了爸爸留给我的箱子的密码——050520,就是我送给他的那件衣服上标着的日期。

而爸爸心里一直愧疚的、惦记的就是那一天!

箱子里有四个房产证,外加一个录音笔,我放给了李杰叔叔听:

"我最亲爱的女儿秋好,我是你的爸爸。我想这应该是我最后一次和你说话。其实我知道你可能再也听不到了,但是我还是要说,因为我心中始终怀着希望,你是可以醒来的。我知道对于你来讲,应该无法接受我的离开,不过人终有一死,我只求你以后能过得开心,其他我真的无所求。我知道,你肯定会对我的死有疑问,但是秋好,有些事情的真相是非常残忍的,我们不追究是最好的。爸爸已经无悔在这个世界上活了一次,我也希望你能快快乐乐地生活下去,这个时候应该有方承景在陪着你呢吧?他是个很好的小伙子,所有的一切都与他无关,相信爸爸,他一定是这个世界上除了爸爸最爱你的人。"

"您都听到了吗?就是这些内容。爸爸说有些真相不让我去追究,还说有些事情与方承景没有丝毫关系,这是不是代表着爸爸的死与方家是有关联的?"

"是的,秋好。我今天想和你说的就是关于方家的事情。如果你决定听下去,那么可能就会失去一份真挚的爱情;如果不听,我相信他们也会对你很好的,这样也完成了你爸爸的心愿。所以怎么选择,你自己来决定吧。"

"我要听真相,我想知道全部的事实。"我毫不犹豫地选择了。

"好,那我现在就和你说清楚。其实这件事情本身与我没有什么关联，但是呢，你父亲确实有恩于我，于情于理我都应该调查清楚。"他从一个皮包里拿出来一摞纸，然后递给了我，"这个是我调查的结果。当时你父亲去世我也是非常震惊的，所以我和你的心情是一样的。"

我的手一直在颤抖，但是思考过后我还是选择接过了那摞纸，而接下来我看到的，或许足够能让我昏厥过去。

"上面有一份冷午英集团之前的资产报告，很明显是盈利的状态。你父亲是一个很优秀的商人，他曾经带领着我们这些人走上了人生的巅峰。但是你看下面，就是2014年7月的那次支出，足足二十个亿。这笔钱到了一个国外的账户，这个账户便是方志卿的公司，也就是方承景的爸爸。"

"什么？这么多钱他们到底用去做什么了？"

"这笔钱是保密的，刚开始我也不太清楚它的去向。后来我也在无意间问过方志卿，他说他2014年的时候和你爸爸一起投资了一个乐园。"

"一个乐园？我好像听爸爸说过……他说等不忙了就带我去英国玩，说那里的游乐园是他花钱建造的。"

"对，这个报纸便是关于乐园的新闻，是英国的一个乐园，是2014年开发，2016年左右建成的。"

我拿过了李杰递给我的报纸，这个报纸是英文的，但是我也可以大概看得懂，上面写的是这个乐园刚开园便发生了机械故障，导致车上的乘客从高空中摔了下来，奇怪的是，两个月后，同一个时间段同一个地点再次发生了事故。之后便没有人敢再来这个乐园玩，很多媒体不停地报道此事，所以久而久之刚建好的乐园便被荒废了……

| 第十五章 礼 |

"天啊，怎么会发生这样的事情？我爸爸怎么会选择投资这个项目呢？虽然听起来是个很好的项目，但是处处都是陷阱。"

"你爸爸刚开始因为家大业大，所以认为二十亿对他来讲并不算什么，九牛一毛而已。但是重点并不是这个游乐园发生了事故，而是接下来发生的事情。因为你爸爸这二十亿有一部分是和银行借的贷款，但是后面的银行流水很明显一直在补游乐园的亏空，足足补了一年多的时间，这些亏损前前后后大概有五十个亿。所以是这一年的亏损才把你爸爸拖累了，最终导致破产。"

"为什么游乐园的亏空只有我爸爸一人在管？"

"刚开始我也不清楚为什么，但是你注意到了吗，补亏空的钱是到了另外一个账户里，不是刚开始投资的那个账户。这就代表着，这个钱并不是给了游乐园，而是另有其人！"

"那这个账户……到底是谁的？"

"因为你爸爸无比信任方志卿，所以从来没有怀疑过这个项目有任何问题。只要是方志卿说的，他就会相信，因为你也知道他们之前一起创业，所以建立的信任很深厚。"

"所以这个账户是方志卿的吗？"

"对，这个账户是方志卿的。方志卿告诉你爸爸游乐园出了事故，让你爸爸接着投钱，因为他说如果不把这最艰难的时刻撑过去，之前的二十亿也会付之东流，所以你爸爸便信了他。于是你爸爸便筹了剩下的钱，甚至把你家的房子都抵押给了银行。"

我看着这些报告，手颤抖着，而我的心也随着他说的一字一句而碎了……

我的爸爸……没想到你最后破产居然是因为被信任的人欺骗了。

"这都不是最可怕的，之后我调查到的事情更加黑暗……"

"还有什么？麻烦您说清楚一些……"我紧握住了拳头，皮肤被指甲掐出了印记。

"这里还有一份报告，你可以看一下。这个是你爸爸公司最后的结算，还有一份是方志卿英国公司总部的2017年的结算报告。就是在这一年，他们账户里因为这个游乐园居然多收入了三十个亿，这里面不仅有保险理赔，还有你爸爸的那笔支撑游乐园继续营业的钱。因为这件事情，游乐园宣布破产，而后他们把这个项目卖给了当地有钱的影视公司。你爸爸因为这个事情一蹶不振，而方志卿却因为这个项目开始风生水起……甚至有人怀疑是方志卿设计了这一切，包括游乐设施出了故障导致人死亡……因为你爸爸补亏空的这段时间正好是方家资金链断掉的时候，他们急需一笔钱……"

"什么……怎么……怎么会这样……"我听到这个消息，瘫在了地上。我根本不能接受，我怎么可能接受……原来爸爸公司破产居然是因为方家，他曾经最信任的好兄弟！可惜，他从始至终什么都没有和我说过，选择一个人默默扛下了这一切。

"我还有一个录音笔，是你爸爸之前和方志卿的谈话。这个录音是我无意间录到的，因为那个时候我刚好要去拜访你爸爸，在门口听见他们的谈话，我觉得这件事情没有那么简单，所以我才选择录下来的，你可以听一听。"

"我的公司因为你的项目破产了！我之前给游乐园拨的款呢？一分钱都没有了吗？钱到底都去哪里了？"

"钱都没有了。但是项目已经承包给了其他开发商了。"

"被其他开发商承包了？你为什么不提前和我说清楚？这到底是什么时候的事情？那我的钱是不是全部打水漂了？他们给了多少承包费用？"

"就给了五个亿，因为他们说重新开发也需要花钱。不过这笔钱我已经用来还银行了。兄弟，我知道你家大业大，本来我就是想靠这个项目回本的，毕竟之前做的房地产项目因为各种原因停滞了。所以麻烦你高抬贵手，不要追究了，你那么有本事，自己还可以再挣吧？"

"我自己还可以再挣？你是在搞笑吗？你觉得我的钱是大风刮来的吗？我真的是看走眼了！没想到你居然变成了现在这样……我把你当朋友，你把我当什么了呢？你的取款机吗？人心真的是贪婪啊……你觉得是几百块的问题吗？这是几十个亿啊！我如果不找银行贷款，我哪里能有那么多的现金？如今我的公司和房子都抵押出去了，如果我今年不把钱还上，不仅我和我女儿无家可归，我公司里养的那些人都得遣散！你知道吗？我女儿好朋友的爸爸如今躺在医院里，也等着我的医疗救助费呢！你真的……你真的忍心吗……"

"冷午英，你冷静一点，本来投资就是有风险的，现在出了事儿，谁也不想……我真的无能为力……抱歉了。"

"你！你！你！我真是瞎了眼了，信了你这么一个狼心狗肺的人！"

"你放开……你你……你放开……咳咳咳……你真的疯了！你别忘了，你还有个女儿，要是我有个三长两短，你女儿也别想好过！"

"你你你……你在威胁我吗？"

"是……又怎么样？你现在都已经这样了，你应该祈求我保护你的女儿，以后不管怎么样，我会看在你的面子上保你女儿平安顺遂……"

……

"这个就是全部的内容，你也听见了。这段谈话两天后你就出事儿了，紧接着你父亲便出了车祸。"

"所以……"我控制不住自己的眼泪，它止不住地往下流，"所以我爸爸是被方志卿害死的吗？当时警察说抓了一个司机！那个司机是不是就是方志卿的替罪羊？我爸爸因为害怕我醒来以后没有人照顾我，所以没继续追究，对不对！"

"当时我也觉得这个案件很可疑，相信刘莉华还有史佳都和你说过，你爸爸并不想追究车祸了，想要息事宁人。但是后来我找了那个司机，他已经出狱了。我给了他一些好处，我这里有他的口供还有笔录，他说就是方志卿指使他这么做的。所以现在方志卿手上不仅有商业诈骗的嫌疑，甚至还有几条人命。"

"……啊……怎么会……为什么会这样……"我嘶吼了出来。现在的我只感觉到无尽的痛苦与绝望。

我马上就要嫁给我仇人的儿子了，命运真是会捉弄人啊……我万万没有想到等待我的居然是这样的结果。

"秋好，我得走了，方承景马上要回来了，今天我们的谈话也请你保密。所有的证据都在资料袋里了，这是我能回报你父亲最好的方式。如果你想好了可以委托我找律师，我肯定可以送方志卿去坐牢的。不过，我确定这件事情与方承景没有任何关系，你也冷静思考一下。"

随后李杰便离开了书房。我一个人瘫坐在地上，有些不知所措。

我的脑海里仿佛回荡着几个字：方志卿……是他……是他把爸爸害了……我要报仇。

如果我亲手把方志卿送进监狱，那么方承景会变成什么样呢？是不是从此以后，我们便是路人，或者我们就是最深的仇人。

方承景回来后，在客厅叫我："秋好，你的化妆师怎么还在门外呢？我们得抓紧时间出发了，来参加婚礼的宾客们都在等着我们呢。"

我没有吱声，因为此时我的心像是被刀子划过一样疼痛不已。

我真的没想到一个人的心机可以这么深，方志卿先是骗取了我爸爸的信任，紧接着套足现金准备灭口，用我去威胁他，让他不得不坐以待毙。他知道方承景喜欢我，所以便默许了这段婚姻，他赌我会爱上方承景，所以这么着急把公司给他，就是为了保住方家的资产。

他猜我可能会心软，甚至会睁一只眼闭一只眼，因为方承景什么都不知道，而他陷害我爸爸的事情就可以一笔带过，从此以后再无人追究，真是打了一手好算盘。

可是，杀父之仇不共戴天，我冷家有今天，全是拜他方家所赐。我之前坐在方承景的车上还觉得羡慕，现在想来简直是可笑，那些财产明明都是我们冷家的。

我怎么能够忍气吞声？怎么能够熟视无睹？

方承景看我没回应便推开门关切地跟我说："秋好，你为什么坐在地板上？你怎么妆还没有化呢？我们要准备走了。李杰叔叔走了吗？我还没来得及送送他。"

"他走了。"我阴着脸。

"那我扶你起来吧,别着凉了,是发生什么事情了吗?"

"不用了,我自己能起来。"我推开了他,擦了一下眼角的泪痕,把散落在地上的资料全部慢慢地收了起来,"方承景,我们的婚约解除吧。你现在就告诉他们,我不会嫁给你了。"

"为什么?发生了什么?"他的表情很惊讶,"我做错什么了吗?为什么突然这样说?"

"不,你很好,是我不想嫁给你了。我现在要收拾东西离开了,方承景,希望我这辈子都不会再见到你了。"

我背对着方承景,尽量不让他看穿我的悲伤,其实我是爱着他的,但这一切我并不能接受,我要让他感觉到我要离开的坚决。

"不,秋好,到底怎么了?你跟我说清楚好吗?"显然,方承景不满意这个回答,他知道我肯定有事情,"是不是李杰叔叔和你说什么了?如果是关于方家的,你可以和我说清楚,我们是可以商量出解决方案的。婚可以不结,只求你不要离开我。"

"你是不是早就知道方家给我冷家设下的圈套?"

"你到底在说什么呢秋好?我怎么一个字都听不懂呢……"他愣住了,"是不是你知道了你父亲出事的真相?是李杰叔叔告诉你的?"

我强忍着泪水,深深吸了口气,然后转过身来看着方承景的眼睛说:"承景,你很好,可惜你是方家的人,如若不是,我们的未来一定会很美好吧。可能明年我们就会有属于自己的孩子,养了我们最喜欢的萨摩耶,你抱着我坐在电视机前……可惜……可惜……那些都是再好不过的美梦了。现在我梦醒了,王子和公主的童话故事再也无法实现了。"

其实我并不想让他知道这一切,因为我不想让他和我一样悲伤,因为——我爱他。所有的错我可以来承担,但是我必须要替我父亲讨回公道。

对不起,在亲情和爱情面前,我必定会选择亲情。

我把所有的东西都收拾起来,离开了方家。方承景一脸不知所措的样子,他几次想要拦住我,可是耐不住我离开的决心已定。

我打了个车,打算回妈妈那里,随着她一起离开北都。如今我唯一能够信任的人,可能也就只有她了吧,否则这个世界上还有谁值得被相信呢?

妈妈还没有出门,看见我回到了家里很不解,"秋妤,怎么回事?今天不是你和方承景的婚礼吗?"

"是的,婚不结了,我不会嫁给他了。爸爸留给我的箱子,我已经打开了,里面有四套房子,我们两个可以平分。"

"这个我们以后再说。我现在就想知道你为什么突然不结婚了……你和方承景的关系不是很好吗?你和妈说说到底发生了什么事情。"她轻轻地抓住了我的手,有些紧张地看着我。

"因为爸爸是被方志卿杀死的。当初如果不是因为方志卿设下圈套,爸爸也不会破产,更不会就这么离开我们。所有的意外都是障眼法,都是为了掩盖事情的真相。"

"怎么……怎么会……"她也没有料到这个结局,一屁股坐到了沙发上。

"妈……我手里现在有一份证据,不过现在光是我一个人的力量是不够的,你会支持我的吧。"

"秋妤,妈不是不支持你。但是如果你做了这件事情,你和方承景就真的回不去了……就算他大义灭亲,可是这件事情永远在你们的心里产生了芥蒂,无论如何都不能被磨灭甚至是忘记……到最后你们的关系……"

"是他们先这样对待爸爸的!他们不仁不义难道我还要对他们宽容吗?"

"秋妤,你别着急,妈妈都支持你。现在我所有的希望也都寄托在你的身上了,你是我在这个世界上唯一的亲人了。"她紧紧握住我的手对我说,"现在,我们能做的就是先离开北都,从长计议。你已经把爸爸留给你的箱子打开了,我们一定花重金找律师,为你爸爸讨回公道。"

"好。"我相信正义会迟到,但是永远不会缺席。

什么爱情,现在在我面前都是可笑的。如果李杰叔叔今天不来和我说这些,当我嫁给方家后,我才是世人眼中最大的笑柄吧。

"不过有件事情,我还是要和你说的……"

"什么事情?"

妈妈开始没说话,过了一会儿才闭上眼睛说:"在你醒来的前几个月,咱们家的负债突然被还上了。当时我很惊讶,过了没多久方承景就来医院找我,我才知道原来这一切都是他做的……"

"什么?妈妈你到底在说些什么啊?"我摇了摇她的肩膀,"怎么可能是他替我们还上的呢?"

"那天他刚从英国回来,紧接着就来医院看你,他还带了很多你喜欢的东西。他问我你最近的情况怎么样,有没有苏醒的可能,我说上天会眷顾我们的。然后他便摸了摸你的额头,接着对我说:'债是我替你们还的,你不用感谢我,但是你要答应我一件事情。'当时我确实是愣住了,我不知道他为何会这么好心,他告诉我他一直喜欢你,想要和你在一起,让我帮助他。我就问他想怎么做,他说如果你能醒来,第一件事情就是去找他做心理

| 第十五章 礼 |

治疗，然后多说一些他的好话，让你爱上他……这样他便可以和你在一起，他说自己非常非常喜欢你。"

"原来这一切……都是你们计划好的吗？"我睁大了眼睛，没想到我也落入了方承景的圈套，那样的相遇并不是偶然的，而是他和我妈事先计划好的。

"但是我觉得他是真心爱你，他或许是动了一些小心思，但是他是真心的。事已至此，我想已经没有任何挽回的余地了，我便想告诉你所有的真相。"

"所以这就是你问我确定要嫁给他的原因吗？"

"是的。我看你再次爱上了一个人，我不忍心告诉你……对不起秋妤……"

"我理解你，但是我无论如何都无法原谅他们对冷家的伤害与欺骗。"

随后，我把李杰叔叔给我的资料袋交给了警方。

……

我和妈妈收拾好了行李，离开了北都。这些天方承景一直在打电话联系我，但是我都没有接听。我知道，这个事实对于我们来说是残忍的，事已至此，我们都不能再回头了。

我知道，接下来的事情或许不容易，但是我相信这个世界上的事情都是公平的，我会得到最后的胜利，最公正的裁决。

深情负尽长遗愿,此生缘,镜花水月,都成空幻。

第十六章　结

　　我和妈妈来到了洛城。这个城市对我来讲是陌生的，但是对于妈妈来讲却是非常熟悉的，因为这是她的老家。

　　妈妈的家庭条件并不好，但是和我爸爸在一起的这些年也攒了些钱，给父母换了套房子。随着时间的流逝，姥姥姥爷都离开了，可房子还在。对于我们来讲也够住了。

　　我知道，人活着不会一帆风顺，但是过了这个坎，我们都会好起来的。我从来没有想过要一帆风顺的人生，也没想过要一直当"公主殿下"，我只是想要平平淡淡的生活，有人爱、有亲人陪伴。一到冬天，我的伤口便会隐隐作痛，虽然已经愈合了，但是伤疤还在。我每天闭上眼睛都会翻来覆去想那些曾经的过往，有美好的也有悲哀的。

　　就在我们到达洛城的那个晚上，我接了方承景的电话，我想，这可能是我们此生的最后一次通话了，有些事情确实是该说清楚了，不能留有遗憾。

　　"秋妤，我只想对你说一句话，麻烦你听完再挂好吗？"

"你还想说什么？"我对他充满了防备心，"你应该听你爸爸都说了事情的全部过程吧？你也应该知道，我要离开你的原因，我们之间已经无法再回到从前了。"

"对不起，我现在才知道我父亲和师父之间发生的事情，可惜我是后知后觉的，不然我一定能及时阻止这件事情。是我没有保护好你，可我真的什么都不知道。"

"我不会原谅你们的。"我对他一个字一个字地说。

"不，你听我说，我没有要求你原谅我，我也不恨你，如果换作我是你，或许我也会做同样的决定。但是我的爸爸前段时间查出来了脑瘤，已经是晚期了，很快他就会离开我了。我希望你不要把他找替罪羊的证据给警方好吗？毕竟留给他的时间确实是不多了……求求你，帮他留住唯一的名誉吧。"

"方大少爷，那我爸爸的名誉……有谁能替他留住呢？而且我已经报警了。"

"秋妤……你知道的，这一切根本不是我想要的，但是……如果是我求你呢？"

"方承景，抱歉了，虽然你对我很好，我也真的爱过你，但是我真的做不到。"

说完这句话我便挂断了电话，紧接着眼泪流了下来。

这期间我没有再联系过方承景，他也销声匿迹了，没有再联系我！

我努力地把关于我和方承景所有美好的回忆一点点忘记，然后默默删掉他所有的联系方式，不再给我们一点机会。

这几天我总是会做梦，梦到方承景抱着我痛哭。

我很少见他哭，甚至是从未见过，只有在我从他家里离开的那天，他哭了，他求我别走。那天的风很大，它就像在告诉我，我们之间就是一个错误。

"秋妤……如果真的是我哪里做错了，还是我家里人做错了什么，求求你，我们坐下来好好谈谈好吗？没有解决不了的问题……"

"秋妤……我可以为了你改变一切，也可以为了你放弃一切……我只求你……别离开我……"

我第一次看见这么卑微的他，而我的心像是被开水烫了一样发疼。如果没有他，或许现在我的心理疾病不会痊愈；如果没有他，或许我还沉浸在被黎俊贺欺骗的回忆里。他帮助了我，把我从一个深渊里拉了出来，但是又把我带到了另一个深渊里。

我闭上眼睛，满眼都是他；睁开眼睛，他的笑容还是会出现在我的眼前。虽然我们在一起没有很久，但是他给我的印象却比黎俊贺更深刻很多。如果说黎俊贺是我青春里的一道风景，那么方承景便是我想要最终托付的人。可惜，我们有缘无分，在错的时间里遇到了对的人。

"怎么了秋妤？发呆想什么呢？"妈妈端了一盘水果递给我，"吃点水果吧，刚洗好的，别想那么多有的没的了。既然你都这样选择了，我也支持你，我们要坚持下去。"

"没想什么，真没什么。"我拿着手里的苹果盯着看，"妈妈，我只是不知道爸爸的案子结果会怎样。"

"快了，这都过去三个多月了。"她摸了摸我的头，对我安慰道，"等事情结束以后，你打算去哪里？你一直跟我留在老家也不好吧？我知道你不可能和我在这里过一辈子，因为你还有未来。"

"我打算去国外留学,顺便把大学读完。爸爸不是在英国有一套房子吗?之前我记得他一直想让我在国内上完大学以后出国读研究生,可惜那个时候我的心思一直在感情上,不想离开黎俊贺。"

"嗯,这确实是对你来讲最好的选择,等你读完大学以后,就有不一样的人生了,你还年轻,一切都可以重新来过。我相信这一切很快都会尘埃落定的。"

"可是我舍不得你。"我握住了她的手,满眼惆怅地看着她,"谢谢你一直陪伴着我,在背后默默帮助我,等着我。我为我曾经的不懂事正式跟你道歉,我爸爸的选择是对的,是我狭隘了。"

"这是我对你爸爸的承诺,也是我应该做的事情。你放心吧秋妤,你就踏踏实实读书,等我有空就过去看你。你现在是我唯一的亲人了,我也不能没有你。"我们相对而视,她给了我一种最汹涌澎湃的海岛上唯一的港湾的感觉,她能够让我停靠下来,而不是让我继续着漂泊和无依无靠的日子。

大概又过了半年多,爸爸的案件终于被审理了,我和方承景都出席了庭审现场,而方志卿已经在不久之前离世了。

在开庭的前一天,我辗转反侧,害怕再次遇到他,不知道自己到底是要给他展示坚强的一面,还是脆弱的一面。等他走进法庭的那一刻,我发现他似乎变了很多,看着颓废了,甚至有些老了。整个过程他一直都在看着我,但也仅仅如此,我不敢看他,害怕自己会沦陷。

最终,我"大获全胜",方志卿得到了应有的惩罚。

我站了起来，对着法官深深地鞠了个躬，谢谢他为冷家主持了公道。

我深吸了一口气，这一切终于结束了。

但当我刚走出法庭时，方承景便跑到了我面前，用沙哑的嗓音对我说："秋妤……你还好吗？"

"我很好。"我看着他，内心更多的还是不知所措与迷茫。心头又涌出很多的感情，我忍住了。

"我不好。"他摇摇头对我说，"最蠢的人是我，是我对不起你。不过，秋妤，你想要的已经达成了……所以如果抛开这一切，你还愿意回到我身边吗？"

"不好意思方承景，我知道你已经失去了一切，但我也失去了一切，我曾经以为最重要的一切，我的爸爸是你爸爸害死的，就算爸爸劝我原谅，可我终究过不去心里这道坎……"

"抱歉秋妤，如果有一天你愿意回到我的身边，我依旧愿意等你，就算我们之间永远有一道无法逾越的鸿沟。"

我苦涩地笑了出来，并对他说："谢谢你大度，我也真心地爱过你，可惜有些事情终究没如果。"

走出法院大门口时，我居然看见了许馨，看样子，她在法院门口等了很久。

"冷小姐，我们又见面了。"她穿了一件褐色的风衣，身材依旧苗条，样子依旧没有改变。

"许小姐，你好。我记得上次见面时你便提醒过我，其实你早就知道这一切了，对不对？"

"我知道后来你们还是没结成婚，当然我也没有多么庆幸，因为我知道就算你们没有在一起,方承景也是不会选择我的,他的心里只有你。"

"你是怎么知道方志卿做的那些事情的?"我问道。

"这还不容易吗?我天天待在方叔叔的身边,我当然知道他做了些什么事情。但那些事情我知道又怎么样呢?我是阻止不了的。上次找你我是抱着看戏的想法,谁让你抢走了我最爱的人。"许馨一口气说了很多话,我知道她心里有气,如果没有我,或许方承景会选择和她结婚。

"许小姐,现在你也知道了,方家已经没落了,他们不过是得到了我父亲的庇佑而已。"我很淡然地回应道,"现在的你还喜欢方承景吗?"

"我当然还喜欢,但是因为你的出现我也看透了这一切,我也该谢谢你,冷小姐。"

"所以你今天来这里,是想和我说些什么呢?"我有些看不透她了。

"现在的他,整日整夜地把自己关在房子里不出来,甚至不和任何人说话,就好像他曾经治疗的那些病人一样。曾经我以为如果你没有出现过,承景就会愿意和我在一起,可我实在是太天真了,就算没有你,他也不会愿意和我结婚。不过就在前段时间,我向相关部门举报了方承景。作为心理医生,他的行为早就违背了行业准则。相信结果不久也会出来了。"

我沉默了。

离开了法院后,一路上我的心情都很不好,妈妈也看出来了,"怎么了秋好?你下周就要出国重新上大学了,开心点嘛,所有的一切都该重新开始了,你的人生也刚刚开始。"

| 第十六章 结 |

209

"我很开心,但是我……"

"你还舍不得方家那个小子吧?但也不难理解,你们的感情一直很好,只有突然分开的感情才是最难忘的不是吗?可惜有缘无分,上一辈的恩怨却要让你们承担。"

"过往的一切都已经是过眼云烟了。我也不知道我为什么要经历这一切,可我知道我始终舍不得他。可惜我再也无法开口告诉他了。相信他也会重新振作起来,忘掉这一切的。"

"你现在有些后悔当初做的决定了吗?"

"我并不后悔。就算再来一次,我还是会选择悔婚,离开方家。"我摇摇头,看着窗外的风景,"我只是希望他能早点走出来,忘了我,开始全新的生活。"

"那你可以忘记他吗?"

"我忘不掉。可是我们再也无法回到过去了,只求时间真的可以冲淡这一切吧。"

"秋妤,感情上的事情谁也说不准,既然之前你选择了这条路,就应该明白之后将面临的是什么……"

我每天都会去教堂里面祈祷，祈祷我可以忘记过去的一切，祈祷和我一样有着悲惨过去的人们都有机会开始全新的人生，都能够早日脱离苦海。

尾 声

我想在离开洛城之前再回一趟北都。

那里有太多欢声笑语，又有太多血雨腥风和流言蜚语。

我怀念的、我期待的、我憧憬的，如今我想要淡忘的，全部都在那里。就好像落下了什么东西，你明知道所有的回忆就像是一阵风一样，根本带不走，但是你又奢望自己可以抓住它。

我坐在校园的走廊上，感觉有点冷。

再见吧，我的青春；再见吧，我曾经爱过的人。我们都该学会承担责任，也该学会放弃不该拥有的一切。

第二天，我乘着飞机来到了英国。

在离开之前，我在北都的机场回头看了看那里匆匆忙忙与形形色色的人，我知道那里面没有你，你也不会来送我。

我独自飞到了英国，打算重新开始新的生活。我想重启我的人生，因为25岁之前我的人生糟糕透了。

我内心带着忐忑与不安、激动与振奋，就算这个世界上只剩下我一个人了，我也要勇敢活下去。

我在英国认识了很多新的朋友，他们很热情，对我也很友好。我每天都会去教堂里面祈祷，祈祷我可以忘记过去的一切，祈祷和我一样有着悲惨过去的人们都有机会开始全新的人生，都能够早日脱离苦海。

最近吴笑琳和白紫曦来英国找我玩了。吴笑琳交了新的男朋友，打算结婚了，对方是个韩国人，对她很好，到时候会邀请我参加他们的婚礼。而白紫曦也摆脱了那个纠缠不休的男人，移居到了北都，就和吴笑琳住在同一个小区，也找到了稳定的工作。看着她们的生活都逐渐好转了，我感到十分欣慰，大学的朋友还在我的身边陪着我。

"最近苏梦琪怎么样？有她的消息吗？"

"她呀……"

她们抿了抿嘴，想了想对我说："她获得你原谅之后，积极表现，获得了减刑，大概再有几年就能出来了呢……"

"那很好啊，我希望她也能重新开始她的生活。"我笑了笑，感觉到欣慰，也替她开心。

"秋好，你真的不恨她了吗？"白紫曦关切地问我。

"恨啊，但是如果恨一个人的痛苦自己同样感受得到，那何必呢？放下仇恨，我们都能过得很好，我也真心祝福她。何况现在的我，不是也没事吗？也活蹦乱跳的呢！"我站了起来，转了两圈，开心地笑了起来。

她们在临走前对我说黎俊贺结婚了，说是那个女生长得很像我。

我没说什么,只是笑了笑,每个人都有重新开始的权利。我曾经最美好的回忆是和你在一起,可你的谎言确实是我始料未及的。

很久没有过方承景的消息,他似乎销声匿迹了。我一个人走在大街上,没有一个人。这里的风似乎比北都还要刺骨。

一天,妈妈打来了电话,"秋妤啊,你最近在国外还好吗?睡得还好吗?周围的人对你怎么样?一切都习惯吗?这两天我打算买机票飞去看看你。"

"我很好,你放心吧,我也非常想你。"

"那就好。我最近新认识了一个男人,他的脾气很好,也会把我放在心上,他在乎我的一颦一笑、一举一动。我已经很久没有恋爱的感觉了。我想我都到了这个年龄了,还会有人真心爱我吗?没想到真的让我遇见了。"

"当然会啦,你这么温柔善良,做饭又好吃,哪个男人会不喜欢你呢?"

"反正现在的我也到了中年了,只想让自己过得舒服一些,其他什么都不重要了。"

"那你什么时候带他一起来英国?"

"我一直以为你会抽空回北都一趟,没想到你一去就不回了……唉,看来只能我去找你了。最近方承景再次联系了我,并且给了我一封信,我想如果你需要的时候,我可以带给你看看。"

"妈妈,我会在英国等着你过来的。"